U0530370

母性

[日] 凑佳苗 著
陈雪婷 译

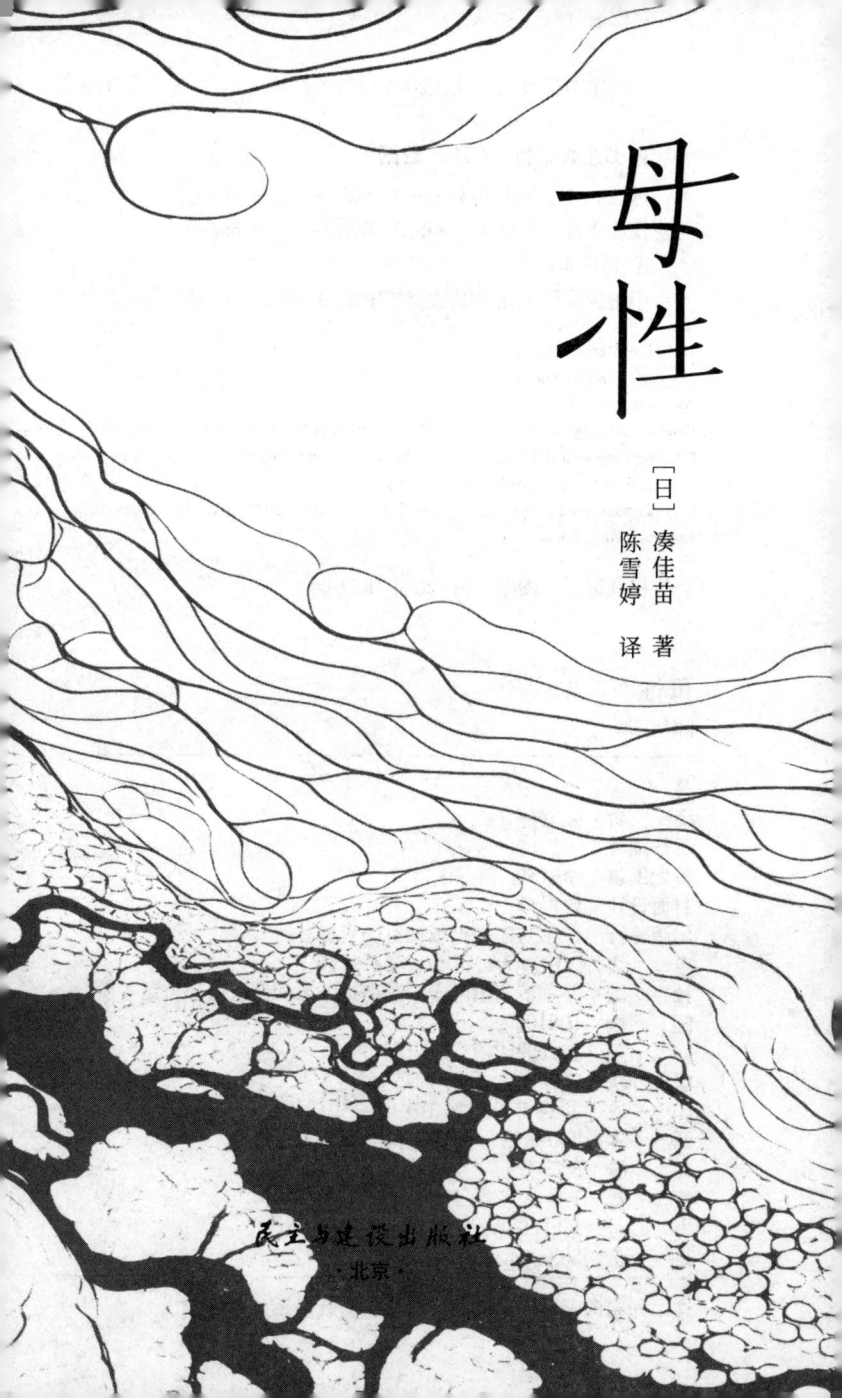

民主与建设出版社
·北京·

© 民主与建设出版社，2024

图书在版编目（CIP）数据

母性 / (日) 凑佳苗著 ; 陈雪婷译. -- 北京 : 民主
与建设出版社, 2024.8. -- ISBN 978-7-5139-4654-4
Ⅰ. I313.45
中国国家版本馆 CIP 数据核字第 2024K5Y209 号

BOSEI by MINATO Kanae
Copyright © Kanae Minato 2012
All rights reserved.
Original Japanese edition published in 2012 by SHINCHOSHA Publishing Co., Ltd.
Chinese translation rights in simplified characters arranged with SHINCHOSHA Publishing Co.,Ltd. through Japan Creative Agency, Tokyo
Chinese translation copyrights in simplified characters © 2024 by Rentian Ulus (Beijing) Cultural Media., China

著作权登记号　图字：01-2024-3675 号

母性
MUXING

著　　者	[日] 凑佳苗
译　　者	陈雪婷
责任编辑	王　倩
策划编辑	李梦黎
封面设计	曾冯璇
出版发行	民主与建设出版社有限责任公司
电　　话	(010)59417749　59419778
社　　址	北京市朝阳区宏泰东街远洋万和南区伍号公馆 4 层
邮　　编	100102
印　　刷	文畅阁印刷有限公司
版　　次	2024 年 8 月第 1 版
印　　次	2024 年 9 月第 1 次印刷
开　　本	850 毫米 ×1168 毫米　1/32
印　　张	8.75
字　　数	124 千字
书　　号	ISBN 978-7-5139-4654-4
定　　价	58.00 元

注：如有印、装质量问题，请与出版社联系。

目 录

第一章

庄严的时刻 /1

第二章

立像之歌 /49

第三章

叹 息 /87

第四章

泪流满面的人啊 /135

第五章

泪 瓶 /181

第六章

来吧,最后的痛苦啊 /221

终 章

爱之歌 /269

第一章

庄严的时刻

关于母性

十月二十日上午六时许，就读于市内县立高中的一位十七岁女学生倒在Y县Y市××町公租房院内，其母发现后报警。

××警局表示该学生从位于四楼的家中坠落，事件正从意外和自杀两个方向展开调查。

女生的班主任表示："她是个很认真的孩子，在班里也很受同学信赖。我没注意到她有什么心事。"女孩的母亲哽咽地说："我竭尽所能，精心呵护女儿成长。没想到她居然变成了这样，我实在难以接受。"

母亲的手记

我竭尽所能,悉心呵护女儿成长。

我自信地向神父诉说,他却问我"为什么?"。这明明是个再简单不过的问题,我却一时语塞,回答不上来。神父让我好好思考,下次再回答。

为什么要悉心呵护孩子?

我第一次被问到这样的问题。我在神父给我的笔记本上书写手记时意识到了这一点。仔细想来,这是个奇怪的问题。通常会被问到"为什么"的行为,都是恶行。

为什么说谎?

为什么偷东西?

为什么杀人?

每个人都应该被问过为什么要说谎,也这样问过他人。恶行的背后都有其原因,而人类似乎本能地想去追寻这一原因。证据就是，世人会对报纸、电视或是杂志上那些与自己毫不相干的事件感兴趣。如果不了解其中缘由，就会自行想象。当然，被问到"为什么"的原因也有例外。

为什么夸我？
为什么送我花？
为什么我死了你会难过？

这些并非恶行。这与面对恶行问出的"为什么"有明显区别。因为提问的人能够料想到可能的答案。他们并非不明白，只是想从对方口中听到自己心中预想的那个回答。他们是为了确认自己的猜想才刻意问出了口。

因为你很努力。
因为我喜欢你。
因为我爱你。

因为想听到动听的、温暖人心的话语，所以从小我就经常问母亲"为什么"，只为证明我是她在这世上最爱的人。

母亲的回答总是我想要的,甚至更好。她绝不会作出令我失望的回答。绝对不会……

尊敬的神父的确让我"面对自己的内心,写下真情流露的语句",可我也不该写下这些。

回忆那天的事情虽然痛苦,但我要平复心情,从头写下我与女儿的故事。

我结婚时二十四岁。

当时我从县内某市的短期大学毕业回到Y市,在一家纺织公司当文员。我受同事邀请去市民文化中心的绘画班上课,在那里认识了田所哲史。

我虽是第一次画油画,但从小就擅长画画,所以很快就喜欢上了油画。我总是抢占教室第一排中间的位置,积极向入围过知名比赛的老师请教,努力练习作画。

老师每月会选出最好的三幅作品,展示在市民文化中心隔壁的雷诺阿咖啡馆。得益于我的努力,作品很快就被选上了。

那是一幅白色花瓶插着红玫瑰的画。

绘画教室里有十名学生,虽然都只是绘画爱好者,但还是让我既高兴又骄傲。我握着同样首次入选的佐佐木仁美

第一章　庄严的时刻

的手十分兴奋。

另一个被选上的，就是田所。

他的画作一直是雷诺阿的常客，其余九名同学竞争剩下的两个名额。

但我讨厌他的画，他的画太阴暗了。

花、水果、小提琴，我们看着同样的物品作画，但色调和刻画方式却截然不同。我的画作满溢着娇艳欲滴和温暖明亮之感，而这些在他的画中是全然看不到的。

绘画班的同学在雷诺阿里只会夸我几句画得好，对他的画却赞不绝口。还说这次的特别棒。的确，画中的玫瑰花瓣用了独具个人风格的深红色，给人以热情的感觉。但整体色调一如既往的阴暗，在我看来只是一幅死气沉沉的画。但我不想被人认为是嫉妒他，于是自己也开口称赞。

"田所先生的画看似悲伤，但饱含情感，能触动人的心灵深处。"

他看上去并没有太高兴，甚至略带轻蔑地看着我。他没和大家一起围在桌旁谈论美术，而是走到吧台座位上，边抽烟边喝咖啡。我生平头一次被人如此对待。

这人怎么这么没礼貌。一直以来，我称赞他人时，对方总会满脸欢喜。

但我的不快被仁美的一句话消解了。

"看着你的画,就能感觉到画画之人是在爱的包围下长大的。"

"在爱的包围下长大——"仁美毕业于东京的女子大学,是一名公务员,一看就知道是个有教养的女孩。

我听完后很开心,回家后将仁美的话告诉了母亲。

"你的画里洋溢着爱,那不仅是因为我和你父亲对你倾注了爱,还因为你敞开怀抱接受了我们的爱。"母亲这样告诉我。

第二天,母亲就和我一起去看我的画。雷诺阿的老板看到母亲,问我这是不是我的姐姐。这种话我已经听过不知多少次了。虽然第一次见到我们母女俩的人大都会这样问,但每每听到,还是让人心生欢喜。我和母亲相视一笑。

母亲站的位置看不见作者名,但她似乎知道哪幅画是我的。她在我的画前站定,说了句"果然是",然后仔细地看起来。

"你从小画画就好看,但没想到能画得这么好,你一定画得很用心。"

第一章　庄严的时刻

"很用心！"——母亲从小就这样夸我。我的回答也总是一样的。

"因为玫瑰是母亲喜欢的花，我是为了您画的。"

为了母亲。画画、写作、练字、读书、运动，我从小开始学的这些都是为了让母亲高兴。但我的话语没能得到回应，在空虚和彷徨中消散了。母亲本应说她很高兴的。

"悠然绽放的玫瑰，内湖究竟映着哪一方天际？"耳边传来母亲如诗般悦耳的话语，那炽热的眼神落在了田所的画上。

其他人称赞田所的画时，也许会担心夸奖了阴暗的作品后被当成心思深重的人。但母亲不在意这些。而我是母亲的分身，怎么可能与母亲的意见相左。

但母亲直言夸赞，并不理会我的想法。

"这是哪位画的？这些玫瑰正是最美的盛放之时，等待着它的只有即将到来的凋零。这幅画表现了生命最后的绽放，太棒了。画者明白，生命最美、最高洁的时刻，就是觉察到死亡的瞬间。"

母亲的一番话颠覆了我对眼前这幅画的观感。我也意识到，这幅画或许让母亲联想到了父亲。

父亲在三年前因癌症去世。当时我在上大二，住在学校的宿舍里，没能和母亲一起送父亲最后一程。

听母亲说，父亲的癌细胞已经扩散到了全身。他躺在家中的床上疼得打滚，不停呻吟。但到了天亮，父亲持续的疼痛突然缓解了。他睁着清澈无神的眼睛看着母亲说："能遇到你是我的幸运，谢谢你一直陪在我身边。"

父亲那时的样子，深深地烙印在了母亲的脑海中，在母亲眼里，那应该是爱人最后的美好。因此，她才对那幅画作出了与我不同的解读。

如果把那幅画送给母亲，她得有多开心。

之后的一周，绘画班的课程结束后，我将田所约到雷诺阿，问他展出结束后能不能将画卖给我。

"我很意外，还以为你不太喜欢我的画呢。"

田所听出了我之前的夸奖只是场面话。

"一开始的确觉得这是一幅阴郁的画，但越看越觉得这幅画画出了领悟生死之人才能表现的美丽。给我留下了很深的印象。"

我不想将母亲的夸奖直接告诉他，所以自己稍稍改动了一下。

第一章 庄严的时刻

"没想到你能看出我想表达的东西,我想要多了解你一些。"

没想到,他向我提出了交往。不过我习惯了被追求,也习惯了拒绝别人,倒也没有很为难。

"你确定要和我交往吗?"

我看似害羞地低头问道。实则心里想的是和他约会一两次,拿到画后就提分手。

田所的长相实在算不上帅气,但他那黝黑,带有略微凹陷的眼睛很像父亲,我倒也不讨厌他。他虽然毕业于东京名校K大,却只有一份在制铁工厂当技术员的工作,这完全不符合我的预期。我希望未来的丈夫是从事医生、律师这类受人尊敬的职业。毕竟,我的父亲就曾是高中的英语老师。

但是为什么,我还是和他结婚了?

这一句"为什么",究竟是褒义还是贬义,我至今都没想明白。

因为可以说,这段婚姻是母亲促成的。

第一次和田所约会时,他在分别的时候将画和一本《里尔克诗选》一起送给了我。田所开车和我一起兜风到了紫阳花公园,我们一起看了美丽的紫阳花,晚餐一起吃了特色料理。但我们聊得并不投机，我毫无心动的感觉，甚至觉得有些无聊。

当我拿到画时，心想这第一次约会应该也是最后一次了吧。田所在分别时虽然送了我礼物，却没约定下次见面的时间，我也只能简单道了声谢。

我将和田所约会的事告诉了母亲，包括母亲喜欢的那幅画是出自他之手一事。我从来没有隐瞒过母亲任何事情。

回家后，母亲看到画和《里尔克诗选》时，像是诗中的少女一般脸颊绯红，语气充满着喜悦。

"他果然喜欢里尔克。我结婚前也送过你爸爸这本诗集。"

母亲说着，开始背诵起《玫瑰花心》。她看着田所的画小声念着诗歌中的一节。

——玫瑰大都，无法支撑自身。多数花朵，都自内部世界中满溢而出。

这时，田所打电话来问我是否喜欢他送的礼物。看着一脸幸福的母亲，我只能回答"喜欢"。他问我是否还能再

第一章 庄严的时刻

见面时,我也没能拒绝。

第二次约会是去看电影。我本来决定,就算田所分别时不提下次见面的事,我也要告诉他这是最后一次见面。但我最后还是没能说出口。因为我被外国恋爱电影中女主角波澜万丈的人生所感动。电影结束后,我们在咖啡厅里激动地交流感想。

"田所先生觉得怎么样?"

"我觉得很感动,不过结尾主人公的台词翻译得不太好。跳上车时说的那句'the point of no return'不是'不再回来',译成'不会后悔'比较符合情景。"

可能有人会觉得他这样有点卖弄学识,我却觉得似曾相识。和父亲一起去看电影时,他也会说同样的话。一手端着咖啡,听着店内播放的爵士乐,用标准的发音低声哼唱。他这姿态和父亲重叠在了一起。我们的谈话虽然没有笑声连连,倒也算得上舒心。

这种状态一直维持到分别。他将装着两个从咖啡厅买来的蛋糕的盒子递给我,让我回去和母亲一起吃。我只能低头道谢。

第三次约会的时候,我被求婚了。

母性

"要不要跟我结婚?"

我们在兜风的途中遇到下雨,坐在餐厅里歇脚时,他突然这样问我。我下意识回答:"我想和妈妈商量一下再给你答复。"有人可能会觉得面对自己的求婚却说要找父母商量很扫兴,但田所点头表示理解,还希望我也能和他父母见一面。

和田所父母见面一事,我完全没有压力。我自信地觉得他们肯定会喜欢我。我没见过哪个长辈会讨厌我。

但仁美给我提了醒。绘画班的课程结束后,她把我约到雷诺阿,开口就劝我。

"你和田所结婚肯定会吃苦头的,我劝你别答应。"

仁美和田所是同学,家也离得很近。她说自己很了解田所和他的家人。我和田所交往的事情没有告诉绘画班的任何人,她是怎么知道的?我虽然疑惑,但回忆起跟田所约会时并没有故意遮掩,或许我们在一起时刚好被她看见了吧。我也没有细想,就听仁美继续说。

"他在学生时期参加过示威游行,虽然没有被逮捕,但回到这边工作后,在第一家公司干了半年就被解雇了。不知道是不是因为这次打击,之后就老实了不少。但也不知道

第一章　庄严的时刻

什么时候会惹出事端来,他的性格挺麻烦的。"

他曾参与过示威游行。我的几名舍友也参加过学生集会,但我对这种活动完全没兴趣。我没什么强烈的不满,需要大声地向世界抗议。也不想举着武器与人互殴,干这种会让父母担心难过的事情。但是,即便价值观不同,也应该由田所跟我说这些。

"我觉得他是个很真诚的人。"

我即便如此回答,但仁美仍在劝我。

"还有更麻烦的。他们家以前是地主,虽然家里不缺钱,但是他父亲很偏执,母亲又很挑剔。特别是他母亲,特别严厉。你嫁到他们家后,她肯定会一天到晚数落你。你这样的小姑娘,肯定会被弄疯的。"

"我会好好考虑的,谢谢你的提醒。"

我表面上老实地点头道谢,心里却觉得肯定是仁美做错了什么才会被长辈讨厌。我能思考和观察长辈需要我做什么,然后再去执行。像我这样的人怎么可能被长辈讨厌。

实际上,田所带我去他家做客时,我没有被挑剔什么。仁美的劝告毫无意义,不,甚至推动了我和田所的结合。

我力求自己的举止无可挑剔,因此没注意到田所的母

母性

亲一次都没有夸奖过我。如果是往常，我一定会注意到，会在决定结婚前告诉母亲我的顾虑，让她见见田所的父母。

但我自我感觉非常良好，觉得之后让母亲见见田所就行了。

田所穿着西装，带着自己的画到了我家。一幅紫阳花的画。田所告诉母亲，紫阳花是我们第一次约会时看到的花，但实际上我看到的是在阳光下娇艳欲滴的紫色花，并不是画中在阴天中独自绽放寂寞色彩的孤独花朵。来谈结婚时带这样的画实在有些晦气，我有些生气。但母亲却非常喜欢那幅画。

母亲说起自己的丈夫也很喜欢紫阳花，她一边回忆着父亲，一边背起了里尔克的《玫瑰色的紫阳花》。

——是谁，采撷这玫瑰色？玫瑰聚集，在这花朵中央，谁又知道？
——宛如老旧的镀金器皿，又似遭了揉捻，绣球花化为玫瑰色。

田所接上了母亲停顿的地方。两人像是深受感动，兴

第一章 庄严的时刻

致勃勃地聊了很久里尔克的诗歌。

他们都很喜欢音乐和电影,母亲看起来很高兴,但我不知道她对田所这个人是怎么想的。母亲的心情我不用问,只要在一起我就能察觉到。但那次我完全看不透母亲的想法。要说她喜不喜欢田所,应该是喜欢的。但不知道她是否满意田所做她的女婿。

田所离开后,我问母亲觉得他怎么样。

"是个像湖泊一样的人。他可能把自己炽热的、最重要的情感都深藏在了湖底。说实话,我有些担心他这种性子的人,会不会觉得小太阳一般的你过于耀眼。但他想和你结婚,或许是希望能将沉寂于湖底的东西打捞到阳光下,让其绽放光芒。"

耀阳与深湖。这样的比喻让我担心如果自己回绝了婚事,田所的人生是否会就此永不见天日。

"您觉得我能做到吗?"

"可以的。你让妈妈感到这么幸福,对于需要你的人,你也肯定能给予对方幸福。"

母亲给予我勇气,她才是我的太阳。

第二天,我和田所见面时问他:"你想和我组建怎样的家庭?"

我想知道田所希望我怎么做。如果他需要的是共同对抗社会权力的战友,或是能协助并理解他的反抗活动的人,那我就拒绝他。虽然这样做可能会对不起母亲的撮合,但也比之后让母亲难过强。

"美好的家庭。"田所答道。

这句话让我打心底觉得母亲的想法是正确的,我决定和田所结婚。

但尊敬的神父,您能想象什么样才称得上是"美好的家庭"吗?

听到田所的回答,我脑海中浮现出的是这样一幅画面:鲜花盛开的庭院中,田所和我,我们的孩子,还有母亲在一起,平和地相互微笑,耀眼的光芒柔和地洒在我们身上。

家人相亲相爱,发自内心的欢喜,这是一幅很美的景象。的确,花、房子、服饰、孩子的样子,这些都不是特别完美。虽然独立来看,称得上是"美丽的花"和"美丽的房子",但当它们组合在一起时,才能叫"美好的家庭"。

我和田所心目中"美好的家庭"肯定是一样的。

我如此坚信着,也相信我们自己能够构筑一个"美好

第一章　庄严的时刻

的家庭"。

认识一年后，我和田所在一个小房子里开始了新婚生活。

田所虽然是长子，但家里还有个上学的妹妹。所以他家人说不用跟他们一起住，给我们准备了婚房。

我们婚房距离田所父母家有些远，但离我家只需要坐半小时公交就能到，远近正合适。婚房虽是二十五年建筑年龄的老旧木造平房，但有白色的墙壁和绿色的屋脊，看着像是英国郊外常见的房屋，很是可爱。房子背靠悬铃木杂乱而繁茂生长的山麓，能鸟瞰被夕阳染红的城市，实在是个好位置。

小小的花坛里种着应季的玫瑰、郁金香、三色堇和金盏花。母亲说是田所送的那幅红玫瑰的画为我们牵了红线，于是我就买了和玄关非常搭的画框，装裱好后挂了起来。

我在结婚的同时，也辞掉了工作，做了一位像母亲一样的全职主妇。

早上，我会比田所早半个小时起床，准备早饭和便当。然后叫田所起床，照顾他吃完早饭后送他出门上班。之后，我会去找母亲。这就是我平时的生活。

母亲数落我说，就算没和公婆一起住，嫁了人的女儿也不应该老往娘家跑。但我有自己的理由。我毫无准备地结了婚，原本在结婚前母亲应该教我的东西我还没有学会。

听了我的理由，母亲也觉得在理。每次我回娘家，母亲都会教我些新东西：做饭、裁缝、编织、和服的穿法、贺卡的书写方式，等等。这些是属于我们母女之间的传承。我和母亲度过了一段比我婚前更亲密的相处时光。

即便我已结婚了，但当我学会一项新技能时，母亲依旧像以前一样抚摸我的头，夸我很努力。我之前只在高中的料理课堂上学过三色盖饭和汉堡肉。母亲教了我三个月后，我会做的料理已经双手双脚都数不过来了。刚结婚时，田所说没想到我这么十指不沾阳春水，但现在他再也没说过挑剔的话。

虽然，他也从未夸过我做的菜好吃。

不管我是换了发型还是穿了新的衣服，他都不会夸我"漂亮""很适合你"。就算我打扫了屋子，装饰上鲜花，他也什么都不会说。

以至于很久之后，我才意识到田所家的人是多么不懂"夸奖"为何物。

第一章 庄严的时刻

嫁入了脾气古怪的家庭的女儿,幸好还有母亲会夸奖她。这就足够了。田所也不会"生气",这就更好了。

田所每个周末都会画画,有时候会画我,有时候画夕阳西下的城市或庭院里的花朵。虽然色调依然阴沉,但母亲看着画好的画跟我说:"田所真的很爱你啊。"所以虽然他不会用语言表达,但我也感觉自己被爱包围着。

那是非常幸福的时光。

结婚半年后,我发现自己怀孕了。

一天,我早起时感觉身体很热,站在厨房里闻着电饭煲定时煮好的米饭蒸腾起的热气,感觉有些想吐。"难道是怀孕了?"我这么想着,只觉得自己有些站不稳。我慌忙跑回卧室盖上了被子。我告诉田所自己可能是感冒或者太累了。他虽然没察觉我细微的不对劲,但这种时候还是担心地问我怎么了。但我没告诉田所,自己可能怀孕了。因为我不知道他听到会是什么反应。

我拜托田所帮我把母亲叫过来。

赶来的母亲看到我,就带着和煦的笑容说:"是怀孕了吧,恭喜你呀!"我一看到母亲的笑容,眼泪就止不住地流了出来。不是因为感动,而是因为非常害怕。

母性

　　我的体内有其他生命，它之后还要靠吸食我的血肉成长。然后从我的体内挣脱而出，来到这个世界。到那时，我还活着吗？被新生命夺走了一切的我，是否只剩一具人类的空壳？我满脑子都是这些想法，身体止不住地颤抖。

　　母亲温柔地搂住了恐惧的我。

　　"别怕。我很高兴自己能出生在这世上，所以在生下你时我也是抱有这种想法的。现在我更是加倍地高兴，我的生命和更长远的未来有了联系。我小时候一直在想，自己为什么会出生在这世上，甚至觉得，这个答案也许到死都会找不到的。毕竟我不聪明，也没有才华，就算我从世上消失，世界也不会被改变分毫。我的存在毫无意义。但当我生下你的时候，我的想法改变了。也许我无法给这个世界留下什么，但我的孩子没准儿可以留下。这全是因为世界上有我的存在，而我选择了结婚生子，这样我就能成为历史洪流中的一串线，而非一个点。这简直就是世界上最幸福的事。"

　　回过神来，我发现自己止住了眼泪。

　　我和母亲来到医院检查，得知自己已经怀孕三个月了。回家的路上，母亲为了给我庆祝，特地买了虽说不是应季但是我很爱吃的葡萄。

第一章　庄严的时刻

我将怀孕的事告诉了下班回家的田所。不知道是不是他表达高兴的方式,他体贴地跟我说:"从明天开始你不用早起了,打扫和其他家务随便做做就好。"接着第二天,他早起了三十分钟给我准备了早饭。

和我往常做的一样,是米饭和味噌汤。晚饭是他下班后买食材回来做的意大利面和奶油炖菜。也许是孕吐的原因,番茄酱汁在我尝来是苦的。但不可否认,他做的饭真的很好,假如在我身体好的时候尝这些饭菜,应该会很好吃。

我没想到一个在传统家庭里长大,估计连碗都没洗过的人居然这么会做饭。听说他大学期间在咖啡厅的后厨打过工,也许就是那时候把店里的料理学做了个遍吧。

我小小地抱怨:"你怎么不早点告诉我你会做饭这件事呢。"

"我看你为了我这么努力地学习料理,很感动,所以就没能说出口。"听田所说完,不仅我的胃口得到了满足,就连心里也被他的贴心填得满满当当的。

我把这件事告诉了母亲。母亲一边感慨田所真厉害,一边不忘告诉我不能太骄纵了。所以,在以后我怀孕的日子里,只有在难受没法做饭时,才让田所下厨。

母性

我开始注意饮食搭配和休息，适当地散步，听些放松的音乐，朗读诗歌。每当我背诵里尔克的诗后，就感觉自己把充沛的情感都传输给了胎儿，甚至觉得精心呵护腹中生命就像绘画和培育花朵一样。

我要全力投入情感，孕育出优秀的、高质量的"作品"，只为让母亲高兴。

我想用美丽的花迎接新生命的到来，所以在庭院中种下了波斯菊。

虽说有的医院允许家属陪产，但离家最近的那家产科医院并不行。我原本也没想让田所陪产，但当我知道生产完进入分娩室时只有丈夫能陪在身边时，我后悔选了这样的医院。

我想把生下的孩子给母亲看，甚至先不给我看都可以。

当我忍受撕心裂肺的疼痛，看着高声哭泣的红紫色小肉团被抱到我面前，听到护士恭喜我生了个健康的女孩时，我竟没有喜悦的感觉。一想到母亲失望地看到自己生出这个浑身皱皱巴巴、鼻子有点扁塌，有点丑的孩子时，我差点流下泪来。

"我去把爸爸叫过来。"护士说完就走出去了。

第一章　庄严的时刻

我一瞬间在思考"爸爸"是谁。田所叫他父母是"老爸""老妈",我是叫"父亲""母亲"。就算有了孩子,我们也没有互相称呼对方"孩子爸"和"孩子妈"。也没商量过要让孩子怎么称呼我们。我下意识地觉得是不是要让她像我一样叫"父亲""母亲",但我又突然觉得不乐意。

我不想被称为"母亲"。对我而言,"母亲"这个词只为我所爱的母亲一人存在。

这时,田所一个人来了。他从护士手里接过婴儿,小心翼翼地抱了几秒就还了回去。他看向我,说了声"谢谢",用大手抚摸着我的头。我感觉胸口一阵暖意,刚想说些什么,就在泪眼婆娑中看见了母亲的身影。她正抱着婴儿。

"母亲。"

我声音嘶哑地开口,母亲将婴儿交给护士,来到我的床边。

"虽然不应该,但我还是从门缝里一个劲儿地看。护士就破例让我进来了。谢谢你生下了一个健康可爱的女孩。我今天太高兴了。"

"为什么?"

"因为我爱的女儿得到了这么好的礼物,你很努力。"

母性

　　母亲放在我脑袋上的手不知比田所的温暖多少倍。她温柔的声音仿佛能给我空虚的身体注入温暖。在母亲满满的爱中来到这个世界，在母亲的爱里长大，将母亲的爱分享给腹中孕育的新生命，将一切都给予她，带她来到这个世界上。但我并没有变成空壳，孕育婴儿使我的身体再次充满了母亲的爱。

　　这是我人生中最幸福的一天。也是不幸的开始。

　　清晨，透过新生婴儿室看着外孙女的母亲欢喜地喊出声来。

　　婴儿刚出生时，脸上身上都是淤血，皮肤是妖怪一般的紫黑色，鼻子也扁塌塌的。但过了一夜，就变得比其他婴儿都要雪白，鼻子高高的很是好看。母亲见了自然高兴。上午，看着过来的田所父母一脸满意，我心中满是完成工作后的充实。

　　"和律子小时候一模一样，嘴巴比较像宪子。"

　　婆婆说出小姑子们的名字使我有些不悦，但田所家人走后，母亲说："他们一家子圆鼻头，说什么傻话呢，明明长得像我们母女俩。"母亲的话让我俩都笑了起来，一下子就释然了。

第一章　庄严的时刻

我唯一介意的,是女儿的名字由婆婆来起。我建议女孩的名字应该用花相关的字,还给了几个备选名字。田所也买了起名字的书,查了很多名字。可婆婆说已经花了五万日元让有名的和尚起了名字,我们也只好作罢。

在我叹息时,依然是母亲的一番话拯救了我。

"孩子的名字各取了我两个好朋友的名字。她们都是美丽、聪明、温柔的人。这孩子也一定会长成她们那样的。"

我们将女儿接回了高坡上的家,一家三口加上母亲一同生活的日子,是我人生中最后,也是最幸福的时光。

田所周末时,会画女儿的画像。

睡着的、趴着的、站着的、坐着的,画中的女儿不断成长,都有着雪白的肌肤、红扑扑的脸颊和樱桃色的小嘴。他的画第一次连带背景都呈现出明亮温暖的色彩。母亲看到画,果然又称赞有加:"田所能分清有生命力的事物和即将消逝的事物。"

听到母亲颇有感慨的话,我不禁觉得田所理解了世界的结构和人类的根源等一切的一切。但也心怀不满,他既然判断幼小的女儿具有生命力,起码替她换一下尿布啊。

田所虽然会下厨,但不会照顾女儿,女儿几乎是我一手带大的。

我的母乳多到会溢出来,但女儿不知为何不爱喝母乳。喝一点就会"噗噗"地吐出来,然后扭过头去躲开我的乳房。她并不是喝饱了,用奶瓶给她喂奶粉时,她就会喝得很开心。于是,在寒冷的季节,我也只好每晚进好几次厨房给她冲奶粉。

可以说,女儿在记事前就开始抗拒我了。但我当时没有多想,只是尽一个母亲所能,不遗余力地照顾她。

母亲送了我一本有法式刺绣的高级相册,我每天都会给女儿拍照片。为了表达当上母亲的喜悦,整理相册时我都会加上《里尔克诗选》中的诗句,或是自己的所感所想。

——啊,微笑。第一次微笑。我们的微笑……

——我可爱的小天使,你在风中听到了怎样的低语,因而展露微笑?

——花朵为你绽放,鸟儿为你歌唱,世上一切的喜悦都是为你……

翻阅相册的母亲夸我:"能看出你做得很用心,你已经是个很称职的母亲了。"

我做了很多衣服。在欧洲的乡村，女儿出嫁时会带上许多儿时母亲缝制的衣服，给自己的孩子穿。我曾在某本杂志上看过这种风俗，觉得非常棒。

告诉母亲后，她有些遗憾地说："我也给你做了好多衣服，但一直放在家里。"于是我提议一起给女儿缝衣服。我和母亲一起挑选布料，母亲教我缝制方法，一针一线都饱含我美好的愿望。

我希望她能成为和我一样，受他人喜爱的孩子。

为此，我要首先成为爱她的人，就像母亲爱我那样。

随着女儿的成长，我开始教她体谅他人。我问她如果在公园里有小朋友在哭，他是为什么哭呢？女儿回答："他可能是孤单了。"于是我就会告诉她最恰当的做法，让她跟那个小朋友一起玩。

看到有人很冷该怎么做？

看到有人肚子饿该怎么做？

看到有人生气该怎么做？

我在日常生活中经常温柔地问她这些问题，女儿也渐渐能理解我的想法，作出我最满意的回答。

牵住他的手给他温暖。

把我的零食分给他一半。

问他为什么生气。

这是作为母亲最高兴的事情。

女儿三岁时，在幼儿园上小班发生过这么一件事情。

学校组织的祖父母参观日那天，母亲因为有事脱不开身，我就让田所的母亲去参加。因为我没能跟着一块儿去，所以很担心婆婆会在幼儿园里遇上什么不顺心的事，生起气来。正当我在家里焦急等待时，婆婆心情愉悦地牵着女儿的手回来了。还没等我开口问，婆婆就说起了女儿在幼儿园里发生的事。

婆婆到幼儿园时，女儿和其他孩子已经都在教室里了。其他孩子看到自己的祖父母顶多就是招招手，然后就只顾着玩了。但当女儿看到庭院里的祖母时，便立刻跑出教室，从各个教室前放着的客用拖鞋鞋柜里拿出一双拖鞋，摆在祖母脚边:"祖母,您请。"然后鞠躬道谢,"谢谢祖母今天能来。"然后带着婆婆走进教室。

我并没有事先教她该这样做。

"不愧是田所家的孙女,我很自豪。"

没有我在身边,女儿也能这般周到了,我的心中一片温暖。但这和"田所家"没有关系。我偶尔会去田所家拜访,可那家里那么多个女儿,也鲜少端出茶来招待。但婆婆也夸说,这是我教女有方。

这是我第一次被婆婆夸奖。

婆婆虽是严厉的人,但只要达到她的期待,就能得到这样的夸奖。婆婆是爱我的。要是母亲在这里,听到刚才的话能有多开心。要是参加祖父母参观日的人是母亲,她会多么不遗余力地夸奖我呢……

我这样想着。但这样的事情之后在不同时间、不同地点、不同情况下被母亲提到了很多次。购物时我要给女儿买她喜欢的蛋糕,她会问外婆喜欢哪个。妈妈喜欢巧克力口味,爸爸喜欢咖啡口味。母亲说她总会优先挑选我们喜欢的口味。

在公园玩耍时,看到有孩子摔倒了。虽然不是一起玩耍的孩子,她也会第一个跑过去关心对方,用手帕帮对方擦拭血迹。那是她很喜欢的小兔子手帕，但毫不犹豫地就拿出来了。

之前，田所开车把母亲接过来玩。走的时候，你知道女儿说什么吗？她说："天气冷，外婆小心感冒。"

母亲不禁夸奖女儿为人着想这一点。

在幼儿园结识的一些妈妈，很多会将孩子送到补习班或英语口语教室学习。但我在学习方面没有那么上心。女孩子受人喜爱比学习好更重要。但女儿特别聪明，她会在课外绘本上学习英语单词、平假名、片假名和九九乘法表。我觉得这不是田所家的遗传，而是得益于父亲的血脉。

下次要带她去动物园看看，她知道大象和河马等动物的英文是什么。

片假名书写的蛋糕标签她都能读出来，店里的老板娘非常惊讶，还给她送了布丁。

去肉店时，她也会说四个六十日元的可乐饼一共二百四十日元，计算得比我还快。

聊起女儿，母亲看起来真的很高兴，带着满是喜悦的表情跟我讲述女儿的这些事情。

"你将我们的宝贝培养成了一个好孩子。你真棒。这

第一章　庄严的时刻

是妈妈最高兴的一点。"

爱女儿，又被父母爱，我多么幸福啊。我回味着我的幸福。

庭院中鲜花盛放，田所让女儿坐在小小的椅子上，画着她的画像。母亲和我偶尔低念里尔克的诗歌，微笑着看着两人。耀眼的阳光柔和地包裹着我们……我想象中"美好的家庭"就在我的眼前。

但这种幸福时光并未持续太久。

尊敬的神父啊！我写下了所有幸福的时光，但还是没能找到答案。

为什么，我要竭尽所能养育女儿？

真的有所谓的答案吗？神父您之所以给我这本笔记本，目的是否并非让我寻找答案，而是希望我找回内心的平静？

还是说，神父您读到这里已经找到答案了呢？

或者，神父您从一开始就知道答案，只是想引导我自己发现呢？

我将笔记本交给您，如果您知道答案的话，还烦请告知。

这之后发生的事情太过悲惨，我不知道自己能否写出来。

女儿的回忆

每次在伸手不见五指的黑暗中,想象的都是同一件事:如果一直在那个如梦般的家里生活,会有什么样的结局?

这天晚上,气温和湿度并没什么特别,但所有的声音逐渐消失,只有空气的流动在耳朵深处轻轻回响。它唤醒了我曾经最幸福的记忆,让我沉浸在幸福时光的回忆里。

我在回忆中拼命寻找着什么,寻找某种不知名的存在。但清晨早早到来,脑袋深处告诉自己必须面对现实,不能完全沉浸在回忆中。寻找的究竟是什么。

我就是这样的人。我感觉如今身处的黑暗永远不会照进阳光。于是我干脆唤醒回忆,填补人生中的空缺,进入沉睡之中。

我的记忆因为某件事,变成了无色无味的世界。但非常偶然地,也会有些颜色和香气,让我再次认识到这是幸福的事。

不被喜爱的孩子,没有"慢下来"的时间。

第一章 庄严的时刻

与其说是"慢下来",更准确地说是"松弛感"。

但没有"松弛感"在他人口中会变成常见的褒义词"努力"和"自律",因此当事人并不会发现这是一种缺失。就算被他人发现了,也只会觉得"松弛感"这东西是自己不需要的特质。

机器需要关机休息,人也需要"慢下来"。这本就该拥有的权利,并不是通过努力获得的。可为什么我却没有呢?难道是我出生时就拥有这项权利的,但随着成长逐渐退化了吗?

我想先思考一下这个问题。但当我回顾人生时所产生的疑问,等到了知道答案的时候,已经为时过晚。

总之,我是一个很在乎周围人,尤其是大人反应的孩子。

在对方眼中我是什么样的?我有没有给别人添麻烦?我的风评好不好?我的言行受不受人喜欢?……

我知道都是些无聊的想法,但我真的不能完全不在意。

举个例子吧,在中学时,我通常会乘坐公交车上下学。

在同学眼中我不是个很内向、不好打交道的人,于是在候车室遇到同年级的同学时,她们就会邀我一起聊天。我在班级和社团活动以外,也交到了四五个一起回家的朋友。

乡下的公交车班次很少，即便在上下学的时间，一小时也只有两趟车。只要错过一趟车，那就要等将近半个小时。坐在候车室里跟同学聊聊天，时间很快就打发过去了。

谁喜欢谁，但她喜欢的人却喜欢着另外一人……虽然都是与自己无关的事情，但我和同学们都聊得很投入。或许正是与自己无关的事，才能无所顾忌地聊得这么开心。

此时，候车室中满溢着薄荷绿色的空气。

之所以有这种感觉，是因为当时流行薄荷巧克力。不知道这个有没有在全国范围内流行，但当时的少女漫画主人公就很喜欢薄荷巧克力。漫画标题中也经常用到薄荷这个词。那时，当薄荷巧克力在乡下还没有售卖时，吃过的同学都得意地说特别好吃。但当附近的超市也能买到后，风向就一下子变了。大家说这种像牙膏一样的东西真不知道哪里好吃了。

我虽然没吃过，但我也会随声附和："就是就是，而且颜色看起来就对身体很不好的样子。"然后和大家一起笑起来。

当时，公交站附近显眼的建筑物只有学校。初中二年级的后半学期，公交站前建起了内科私人医院。候车室的座椅上多了很多老年人和带着孩子的母亲。只有我们在时，薄

第一章　庄严的时刻

荷色才会出现在候车室一角。或者说，我们包围着一团薄荷色。

我们像往常一样聊着不疼不痒的话题。我不经意瞟了一眼候车室的角落，就见一个阿姨皱着眉头正往这边看。她旁边坐着一位年轻的母亲，正在擦拭怀里满头大汗、已经熟睡的孩子。对于身体不舒服的人来说，我们嬉笑的声音令他们不舒服。

"小声一点，我们打扰到别人了。"我跟大家这样说道。

大家本来正在热议新来的女老师和高三学姐争抢最受欢迎男老师的八卦，听我这么一说，八卦一下子就好像变得索然无味起来。大家一脸扫兴，有的走出候车室出去溜达，有的打开小镜子整理头发，有的开始低头找分叉的头发。没有一个人小声地继续刚才热议的话题。候车室中几经扩散，薄荷色消失得无影无踪。我像是要将生气的寂寞之感压制在胸中一般呢喃——"我没有做错"。

但我现在意识到了，那是多余的举动。就算同学们安静下来，候车室里的人也不会感谢我。如果觉得我们的行为令周围的人不适，应该更加小心措辞才是。

升到高中时，我有很多次机会能意识到这一点。

母性

中谷亨在我们刚交往的时候，就跟我说："你说得没错，但不近人情。"

我们之间从一开始就没有其他情侣那种冒着粉红泡泡的氛围。但身为男朋友，他居然说出这么刻薄的话，令我很生气。

"我明明是就事论事，你为什么要否定呢？还要摆出一副受害者的姿态，太卑鄙了。"

连亨都不理解我，这让我很不甘心，眼泪止不住地流下来。也许默默哭泣会显得可爱，但我是边哭边怒声指责对方的。

亨一脸不知所措，换了副语气。

"抱歉抱歉，我不是这个意思。班主任能改掉每天随心所欲上课的习惯，也多亏了你直接指出来。很多时候还是很有用的，让我想拍手叫好。我不是让你事事考虑人情味，只是没必要一点小事也斤斤计较。十几岁的时候说些错话，做些错事都无伤大雅，我们得好好利用这些特权才是。"

"什么十几岁的'特权'，就因为这些人胡说八道，做事不讲究分寸，未成年人犯罪案件才层出不穷。"我反驳道。

亨一脸不予争辩的表情，摇头苦笑说"算了算了，不

第一章　庄严的时刻

说了"。

直到现在我终于明白，或许现实的确如此。

没有体会过"松弛感"的人在反驳观点时会举极端的例子。亨并没有要纵容青少年犯罪的意思，因为事实上，十几岁的青少年受到的教育就是，他们比成人拥有更多的玩耍时间。

候车室里的人就算觉得吵，顶多就是皱皱眉头。如果真的觉得受影响，也会提醒自己，对方是穿着校服的女学生。虽然觉得很吵，也会想起自己也有过这样的时期。或许还会感慨年轻真好，进而包容着这些女孩的叽叽喳喳。或许还会有人对早已离开的校园里发生的八卦感兴趣，竖起耳朵偷听。

大家都明白这些，只有我不懂。我似乎没法理解这些人情世故。我没想过有些事就算有些许不正确，但是社会所容许的。因为我担心这是不被容许的。

"被容许等于被爱。"这是只在我心中成立的等式。为了得到爱，必须做正确的事，必须做让人高兴的事。

"你待在那里就好。"这种话在我的人生中从未听到过……不，有过，在很久之前。我终于知道自己在黑暗中寻找的是什么了。是——无私的爱。

母性

虽然我在脑海中幻想过，但如果我是在无私的爱中长大的，会成为怎样的自己呢？为了寻找答案，我出发前往曾经的家，我在那里度过了被花朵的绚烂和馨香包围的日子，那曾是个玫瑰和百合争相盛放的梦想中的家。

我最早的记忆应该是三岁的时候。在家中庭院里发生了一件事。

那幢小房子坐落在能俯瞰乡下小镇的山坡上，有着白色的墙壁和绿色的屋脊。庭院中开满了玫瑰和百合等应季的花儿。年幼的我坐在木制白色椅子上。一脸严肃地看着画布的父亲。油画颜料的气味。对着我举着相机的母亲。

"笑一下，笑一下。要笑得比太阳更灿烂，来。"

在我的记忆中，觉得说着话朝着我笑的母亲更像太阳。她拍着我和父亲还有庭院里的花。母亲不停地按下快门，拍完后将相机放在白色桌子上，看着父亲的画微笑。她就那样站着，仰头望向天空，口中念起优美的句子，宛如歌唱。

——我的灵魂，不触碰你的灵魂，该如何支撑起你？该如何超越你，追求更高的存在？

第一章　庄严的时刻

母亲口中的句子停顿，默默画画的父亲就会看着画布接下去。

——啊，真希望将我置于黑暗中失去之物的身侧，就算你深沉的心动摇，我也不会动摇，在某个不知名的静谧之地。

我最近才知道那是里尔克的诗歌。

记忆中我见过父亲坐在白色的椅子上，看着落日弹吉他，母亲在旁边唱《小树的果实》。悲伤万分的旋律与乌鸦叫声重叠，消失在橘黄色的天空中。我自己似乎也被吸进了旋律之中，有些不安，于是跑到父母身边去了。虽然看起来并不是特别亮眼的夫妻俩，但在我眼中，两人在夕阳映照下的面容美丽异常。

如果把这事告诉其他人，怕只会笑我言过其实。或许还会担心我是不是个成天幻想着白马王子出现的女生。但这的确是存在于我脑海中的记忆。

当然，我们家并非每天二十四小时都过着这样的生活。除了绘画、诗歌和吉他，早餐时也会有可颂面包和牛奶咖啡。

装饰着玫瑰的餐桌上也总会摆着米饭和味噌汤。

在制铁工厂工作的父亲每天要换上灰色的工作服，骑着摩托车去上班。傍晚，父亲满身油污地回来，洗完澡穿着衬衫短裤出来，吃完经常是三色盖饭和汉堡肉的晚饭后，会躺在红色天鹅绒的沙发里津津有味地看职业棒球赛的夜间赛事直播。当然还不忘看看跑马比赛的新闻。

父亲手边总放着啤酒和营养饮料，他会换着喝。我对那茶色小瓶子里的饮料很感兴趣。我曾问过父亲那是什么。父亲将瓶子递过来，说只能喝三口。我刚喝了两口，母亲就喊着不要给小孩子喝这种东西，从厨房里跑过来拿走了瓶子。自那以后，父亲会躲着母亲悄悄给我喝营养饮料，我几岁就让我喝几口。

母亲有时来了兴致，会烤些苹果派给我当零食。但她除了松饼，其他甜点都做得不太好。慈善团体上门推销饼干时，母亲因为不好意思拒绝而买了很多。不知道怎么消耗掉这些的母亲将咖喱饭的米饭换成了饼干，在上面浇上咖喱酱汁。几乎从不生气的父亲见状也忍不住嘟囔了几句。

日常生活中的大多数时候都是这样的。但留在我记忆中的却是那些少有的特殊时刻。

第一章　庄严的时刻

一个月里有两三天，父亲会关掉电视，播放以前的西方音乐唱片，就着巧克力和香肠喝威士忌。母亲和我靠着父亲坐在沙发上，喝着温热的可可，一起听音乐。那是我最喜欢的关于夜晚的记忆。香烟升起的烟雾与音乐一起缭绕在空气中，我迷迷糊糊地看着，似乎也没有那么讨厌香烟了。

周日的午后，父亲会自称"田所食堂"，给母亲和我做一些轻食。母亲喜欢番茄意面，我喜欢海鲜烩饭。第一次吃巧克力巴菲是在家里这件事，在很长一段时间里都是我炫耀的话题。

算了，别再回忆父亲了。

要说其他特别的回忆，那就是衣服了吧。

母亲背对着我在缝纫机前忙碌。我在嗒嗒嗒的有规律的缝纫机声音里画着画。母亲把我叫过去，把刚缝好的衣服在我身上比着，一脸满足地点头，感叹一声"真可爱"。母亲又拿同样的布料在自己身上比着，然后告诉我做好的衣服等我出嫁的时候要带走。

我们穿着亲子装乘坐公交车去外婆家。路上母亲问我："怎么样，冷吗？你要好好想想待会儿要跟外婆说什么。"

"好的，妈妈。"我认真地回答。

乘公交时我一直在想待会儿要说什么。但母亲见到外婆后,就抢先说了出来。

"她很担心您,说天气变凉了,要您注意别感冒了。还有,庭院里的玫瑰开得很美,希望您能来看呀。对了,还有穿着外婆给织的毛衣去幼儿园了,大家都夸,她特别高兴。"

我不记得跟母亲说过这些,但我没有反驳,也没觉得哪里不对。在我幼小的心里,知道这是母亲希望我跟外婆说的话。

下次再去外婆家,不用母亲催促我也会自己说出这些了。但我对外婆说的话并不是外婆想听的,只是母亲想听我说的。当然,我也表达了自己真实的想法。

"我最喜欢外婆了。"

我发现,我说这话时外婆最高兴。

"外婆也最喜欢你了。"

听到外婆这么说,我全身上下都被喜悦包裹着。

外婆会牵着我的手去给我买糖果,和我一起折纸,我留下了许多和外婆一起的幸福回忆。

因为外婆对我倾注的爱,是"无私的爱"。我非常肯定这一点。

第一章　庄严的时刻

但母亲对我倾注的爱,在当时应该是无私的吧。当然,母亲很重视我,但并不是没有条件的重视。

假如,母亲脑海中有一幅重要的画。那并不是我的肖像画,而是在鲜花绽放的庭院中,幸福的一家三口的画。名字也会是"尽其所能去爱""我的天使""宝物"之类的。这种词汇母亲在和他人谈论我时,也会用到,但这些都不适合来形容我。妈妈脑海中更重要的应该是"汇聚幸福之地"这种能表现家庭整体的词汇,又或者是像抱着洋娃娃一样抱着我微笑的外婆。

我的存在在母亲所描绘的名为幸福的画作中只占了极小的一部分,只是个小点缀。

但这就足够了。因为我的脑海中也有同样一幅画。

如果一直生活在那幅画中,我现在或许就不会在这样的黑暗中孤身一人。明明天亮之后现实到来是那么痛苦,可迟迟不天亮又令我止不住地悲伤。

那就继续描绘幸福的画吧。

上了小学,我背着全新的书包去学校。虽然我总爱提醒调皮男生的行为,而他们从来不听。但我不会因为他们不听我的劝告而生气地大喊大叫,也不会想着动手去教训他们。

顶多只会鼓着可爱的脸蛋抱怨他们:"你们真是够了!"

放学回家后,我一边吃着母亲做的松饼配牛奶,一边向母亲汇报在学校发生的事情。

"男生真的特别讨厌!"

妈妈看我气鼓鼓的样子,边笑边回应:"哎呀,今天上学还真是辛苦你了。"然后将刚做好的松饼盛在盘子里。我将松饼热腾腾的香草气味一股脑吸进肚子里,立刻将不愉快的经历抛诸脑后了。

算了,不想了。

接着我和母亲商量,周末能不能把我的朋友们叫到家里来玩。

尽管我的邀请名单中,也包括了妈妈跟着年轻男人私奔的真子,但母亲没有丝毫犹豫就答应了。母亲甚至比对普通朋友们,更加热情地招待真子,她打心底感谢真子能成为我的朋友。聚会结束后,母亲摸着我的头说:"你真棒,对可怜的孩子那么温柔。"

母亲把这件事儿告诉了父亲,父亲虽然没有大力赞扬我,但他把威士忌的下酒巧克力分了我一颗,还让我多喝了两口营养饮料。然后关了电视和我一起听唱片。此时,母亲

第一章 庄严的时刻

走了过来。还没等母亲开口催我早点睡觉,我就蜷在沙发上假装睡着了。结果不知不觉真的睡着了。父亲给我拿来了被子。在分不清梦境与现实的蓬松软绵里,我突然想起自己吃了巧克力后没有刷牙。但当被子盖在我身上时,我心想,没关系,就这样吧。

就这样吧,反正我很开心。就这样吧,反正我很幸福。就这样吧,反正是被家人的爱包围着的吧?

想到有人说过,如果有人总是频繁使用"爱"这个词,就是渴望着被爱的证据,也是没有被爱的证据。

这是真的吗?没关系,就这样吧。我所缺乏的松弛感,也许就是亨说过的"没关系,就这样吧"。

建在高坡上的家消失后,我失去了自我,也失去了母亲和父亲。但我现在才意识到这一点已经为时已晚。毁掉这一切的就是我。

消失的家无法重新出现,最喜欢的外婆也不会再回来。没人爱我。我的人生,已经结束了。

想象拯救不了任何东西。

母性

正在世界某处哭泣,

在世界中毫无理由哭泣的人,

正在为我落泪。

正在夜晚某处欢笑,

在夜晚毫无理由欢笑的人,

正在为我而笑。

正在世界某处漫步,

在世界中毫无目的地漫步的人,

正在向我走来。

正在世界某处死去,

在世界中毫无理由死去的人,

正在凝视着我。

第二章

立像之歌

关于母性

提前十五分钟到岗，端着咖啡坐到工位上。打开晨报，注意力被三篇报道的其中一篇吸引了。

像是喉咙里卡住鱼刺般难受。为了咽下"鱼刺"，我大口喝着还烫嘴的咖啡。但有形的液体并没能将无形的小刺带走。高中女生从自家所在公寓坠楼，尚未查明是意外事件还是自杀。我之所以关注这个事件，是因为它发生在我所在的县吗？还是因为我是高中老师，而死者是高中生呢？不，都不是。

令我不适的，是母亲的言论。

因为职业特点，我接触过许多母亲。

很难将她们概括为"高中生的母亲"。就拿电话沟通举例，母亲们打电话来的原因各不相同。有的母亲只是打电话来为身体不适的孩子请假，而有的母亲甚至以为学校是能彻底改造自家孩子的"特殊组织"。

请假的电话明明只要说孩子发烧就行，但她们却说到

第二章　立像之歌

孩子昨天傍晚体温几度，如何食欲不振，如何晚上睡不着，等等。像是在跟儿科医生交代自家孩子的病情一样。对面哭诉着自己孩子身体很弱，经常让我一下子反应不过来，我是在和谁的家长通话。

孩子的模拟考成绩被判定很难考上期望院校，母亲大清早打电话来问我为什么判定登记是 E。我也不能说您家的孩子学习成绩不行，只能让家长不要紧张，我们可以一起想办法。一边听着上课铃声一边安慰家长。

其实，所谓的办法就是调整期望院校一栏里填的大学。

我并不会觉得这类母亲太烦人。虽然她们的确有些过于溺爱孩子，但我并没有否定她们的意思。

但"混蛋父母"例外。

"混蛋父母"找我时，有九成都是因为钱。交不出学费，之前没听说有实习费，缺席了的郊游费用什么时候返还，等等。在电话那头声如洪钟，却靠收保护费生活。这类父母大多沉迷于小弹珠等赌博游戏。月末没钱时，就找学校哭诉，甚至威胁。

为什么就不能给自己的孩子留下几千日元，哪怕几百日元呢？

还有很多学生靠打工筹集学费。有的家长甚至还会抢走孩子的打工工资，拿去玩小弹珠。被我看穿了，委婉地提到身为父母的责任，对方就突然转移话题说起自己的不幸。

"我本来没打算生孩子的。要是没有孩子，我本来能过得更好的。"这种事十几年前不就应该知道了吗？我咽下差点脱口而出的咒骂，告诉自己这种人多的是，让自己耐着性子听下去。

母性，究竟是什么呢？

我想找隔壁工位的语文老师借辞典查一查。

——母性，指女性有一种守护自己骨肉成长的本能。

不提供饭食，抢孩子的钱去赌博的女人也有这种本能吗？世人理所应当地认为，女人或者说雌性天生具备这种本能。但事实当真如此吗？

母性究竟是与生俱来的，还是会在不同环境中进化或退化呢？

也许，母性并不是天生的，这是男性为了束缚女性而捏造出的,并赋予其神圣化性质的词汇罢了。

在这样一个社会环境中,拥护这一说辞的人会有意识地习得母性,而对此不感兴趣的人会无视这一词汇。

母性作为人的一种特质,并非与生俱来,而是在后天的学习中形成。大多数人误以为这是天性,因此没有母性的母亲在遭到指责时,会陷入一种错觉,仿佛自己被质疑的并非学习能力而是自我人格。为了证明自己拥有母性,并非有缺陷之人,她们只能拼命在语言上弥补。尽其所能养育长大的女儿。

"你在查什么?保释、补习、女公关?"

语文老师瞄着桌上摊开的辞典问道。他在背地里说那些"混蛋父母""脑子进水",让我对他颇有好感。但一大早就和他严肃讨论"脑子进水"家长们的本质,的确不合适。

"波塞冬。"我随口编道。

"噢,创世纪啊!"反应真奇怪。

"字典还你,谢谢。对了……"

我将辞典还给语文老师,随口问他知不知道晨报上说的高中女生是哪所学校的。结果他说是自己之前任职的学校,还说自己昨晚刚和前同事联系过。

"他是那个女生高一的副班主任。学校因为自杀事件很紧张,但没想到那个女生会自杀。她还在窗边挂着风铃,也不像想不开的样子。怎么,你感兴趣吗?"

在这个秋风渐起的季节,会想到在窗户上挂风铃的女生。虽然觉得自己或许无法拔出心中那枚刺,但我还是点了点头。这位老师有长我十年的资历,很偶尔会不经意透露出一些重要的事情。

喉咙深处的小刺,我希望尽快拔除。要是化了脓,可就为时过晚了。

母亲的手记

上回，神父您看了我写的东西后，温和地对我说："你构筑起来一个如春日般和煦的家庭。"但您也说："痛苦的经历才更要毫无保留地写下来。"

当时您想说的应该是后者吧。

我书写着往日的快乐时光，久违地感受到了被和煦春日拥抱的感觉。但我又忍不住全盘否定这些经历，想要撕毁笔记本。

我是否不应该在上回笔记的最后，暗示接下来将发生悲惨的故事？

我从小就擅长写作文和读后感。我会一边推测读者——也就是母亲——的心情一边写作。思考自己的表达方式能否传达自己的开心，能否吸引母亲读到最后。没想到这种想法培养起来的写作习惯成了一种败笔。

但我知道神父您让我写下来，不是出于这种理由，否则我也不会写在这里。我只是希望您能理解，写下那件事情需要很大的勇气。

啊，我的胸口难受欲裂。

您真的要让我写下那天的事情吗？真的要让我再次回忆起那种心脏仿佛被撕裂般的痛苦吗？这样我就能得救吗？

我认为写下这本手记的目的是告诉神父以及批判我的世人，我对女儿倾注了多少爱。

世人认为，父母对子女的爱大致相同，无论是谁，在怎样的家庭。因此在发生什么大事时，就会根据自己贫乏的感性认识进行想象，得出简单而无聊的结论。

自认为是知识分子的人没有意识到自己想象力的匮乏，在僵化的脑袋中擅自得出了一个答案，还信心满满地公之于世。

我受够了。

他们想不到，真相是超越他们的想象的。他们甚至不知道世上有认知以外的事物。所以才会将我当作了魔女。

请不要误会，我绝不是说神父您缺乏想象力。但为了让您理解我们母女间超越世人想象的深厚感情，还是需要将那件事写下来。

那是一个秋天，结婚七年的我刚刚三十一岁。

第二章　立像之歌

在高坡上的小家中的生活，与新婚时相比，看着夕阳唱歌和背诵诗歌的频率下降了，生活归于平淡。但庭院中依旧鲜花绽放，玄关上也飘散着颜料的气味。

女儿半年后才到上小学的年龄，但已经能写假名了。我经常让她写信给外婆。

"希望外婆再来玩。"结束语总是这一句。当然，我比女儿更希望母亲来家里。

当时经济还很景气，田所就职的制铁工厂里，机器二十四小时运转。因此，田所一个月里有三分之一的时间都在上夜班。

田所虽然在制铁工厂工作，但体型瘦弱，要是家里进了贼估计也靠不住。醉酒之后更是怎样呼喊摇晃都叫不醒。

但田所不在家的晚上，我还是很担心。

检查了好几次门窗才睡下，可一有响动就担心是不是有人在外面，透过窗帘缝隙往外看，总也睡不好。

加上房子在山坡上，屋后不远就是林子，风一吹就会响起树叶的沙沙声，还有橡子落在屋檐上的响声，让我晚上总也安不下神来。

为何田所的父母要买下这么偏僻的房屋呢？一般的房

子就算到了晚上，知道附近有邻居就能安心一些，也不会因为风吹草动就被惊醒。

直到不久前，我还为只有我们一家能从高台上欣赏小镇日落美景而欢喜。但当不安的夜晚到来，我的怨言逐渐多了起来。

从宽敞的车道拐进狭窄的小路，还要沿着斜坡爬上窄窄的阶梯。开车出门购物时，也只能将车停在停车场，拎着沉重的物品步行五分钟。下雨时，小路和阶梯上都是积水，不便又危险。

真想住在平地的房子里。田所的父母买的是那样的房子，现在……跑题了。

总之，田所不在家的夜晚，我不敢关灯睡觉，再闷热的夏夜也要关上窗户。晚上睡不安稳，辗转反侧。甚至怨恨身侧的女儿能在母亲的守护下酣睡。

我将此事告诉了母亲。

"我独自生活了多年，但从不会半夜醒来。"母亲对我的紧张一笑置之，但在这之后，每当田所上夜班，母亲就会来家里陪我。

日历上标识夜班的红圈也不再是令人忧愁的符号，而成了令我期待的象征。

母亲会在傍晚四点过来。我会到公交车站去接母亲，然后一起到附近买菜回家，两人穿上同款不同色的围裙，在厨房里做饭。围裙是我自己缝制的，母亲的是淡蓝色，我的是粉色。

傍晚五点，母亲、我、田所和女儿四人一起吃晚饭，七点送田所出门上班，九点哄女儿睡着之后，就是我与母亲独处的时间了。泡上一壶红茶，配上曲奇等甜点，一起闲聊。这样的晚间时光，有着不同于白天的柔和氛围，令我仿佛回到了孩童时期。

母亲与我共同编织起的时光……

书包是母亲给女儿买的，但餐具袋和手提袋等都是我与母亲一起缝制的。我负责用缝纫机缝制，母亲负责刺绣。"我问她要不要绣一个小兔子，她说想要小鸟。那孩子的确很像小鸟。"

母亲说着，在深蓝色的袋子上绣上黄色和淡蓝色的小鸟。看着母亲刺绣，想起我儿时的袋子上也有花朵和动物等美丽的刺绣。那时，我理所当然地拎着比其他同学的都要用心制作的袋子，直到现在才知道那一针一线里缝进了母亲的爱，心中一阵暖意。

"呀，是小鸟，谢谢外婆。"

第二天早上，女儿看到缝好的餐具袋和手提袋，开心地说。她立刻拎在手里，满屋子地转圈。然后说要好好收起来，等到上小学再用，就整齐叠好放进了自己的衣橱里。母亲看着她笑眯了眼。可是……

"外婆，琴谱包我要凯蒂猫的。"

女儿刚进小学就加入了钢琴教室，想让母亲在琴谱包上绣上卡通人物。这就是在否定用心绣上小鸟的袋子。

从她记事起，我就教导她要体谅他人。不说别的，她竟然说了让我最重要的母亲伤心的话。果然是流着田所家血液的人。

我一直坚信自己是母亲的分身。我长得很像母亲，我们的想法和感受也很相似。但我并不觉得女儿是我的分身。虽然她长得很像我与母亲，但从小就缺乏感性，情绪不够丰富，似乎更多继承了田所家的血脉特点。

我想让她立刻向母亲道歉，但我正在做早饭，脱不开身。

"那下次就绣凯蒂猫。"

看到母亲笑着和女儿拉钩约定,我改变了主意。还是等母亲不在的时候再引导女儿告诉外婆,自己想全都绣上小鸟图案。

这时,田所回来了。大家围坐在餐桌旁吃早饭。

"哎呀,非常美味。"

母亲称赞了我的厨艺。

四人座的餐桌有母亲的专属座位,碗橱里摆着母亲专用的饭碗、汤碗和马克杯。

我希望能一直这样和母亲一起生活下去。

那是最后的,真的是最后的幸福时光。

那年夏秋两季,气候非常古怪。

夏季的七八月份几乎没有下雨,台风也没有登陆本州岛。可到了秋天的九月末,台风却接连不断地来了。

十月的假期里,我在庭院的花坛中重新种下的三色堇花苗,没想到在下一个周末就被大雨冲走了。我很可惜那些花儿,但看到台风受灾地区的新闻报道,又觉得台风至少没有经过我们这里,花苗的小事不该这般抱怨。于是重新去买了新的花苗。

我来到花店,看到上新了新颜色的花苗,我实在无法取舍，最后十种颜色的花苗都买回了家。我费了很大力气也没能把花苗全都种进花坛里，田所看着我奋力种花的样子苦笑不已。最后我将黄色、橙色和紫色的三色堇给了母亲。

那是我给母亲最后的礼物。

十月二十四日那天从上午开始就下起了淅淅沥沥的雨。

母亲打电话来说，傍晚雨会大起来，她会早点过来。两点出头，我去公交车站接了母亲。为了做好停电准备，我们买了面包和罐头。打开客厅的电视，就看到正在播报台风的新闻。本州岛整体都被秋雨前线覆盖，前线形成的强台风正在逼近，今晚到明早会有强降雨。听到新闻主播的报道，我不禁担忧三色堇会再次被大雨冲走。尽管三色堇只是小事情，还有更重要的事情需要留心。

听着天气预报，我想起了其他事情。

上午从幼儿园回来的女儿，拿到外婆给她的礼物格外高兴。

"如果你的琴谱包上也是小鸟图案，同学们就会知道你喜欢小鸟，那生日的时候说不定就会送你有小鸟图案的东西呀。"

我用这番话引导女儿，让她打电话告诉母亲，"我还

第二章 立像之歌

是想要小鸟图案的"。但贴心的母亲不仅给琴谱包绣上了图案,还给女儿买了文具,文具上有她原本想要的卡通人物。

"不好意思,让您费心了。"

"没事,这可是我的小宝贝。"

"宝贝",这是我听过无数次的词语,但那时我却生出了疑惑。宝贝指的是我,还是女儿?

应该就是在我陷入思索的时候,新闻主播正在提醒大家注意洪水和泥石流。

田所三点多起床后看着窗外,说雨可能会变大,准备早点去上班。我给田所准备好晚餐便当,五点的时候,田所说今天要开车去上班,于是就出了门。

母亲和我还有女儿三人一起吃了晚饭。母亲和女儿先洗了澡,我也去洗了澡。八点多的时候就停电了。

我在厨房和客厅的桌子上放上小碟子,在里面点上蜡烛。

雨打在窗户上的声音和风声告诉我台风正在逼近。但和母亲一起裹在橘黄的烛光里,我一点都不害怕。我只想早点睡觉,一觉醒来应该就能看见晴空万里,看到台风过后澄澈的蓝天。

小小的家里没有客房,母亲的被褥铺在了客厅角落四叠半的小房间里。里面放着我作为嫁妆的衣柜。为了不让我在田所家抬不起头，母亲当年给我挑了重工的西式衣柜和日式衣柜，塞满了房间三分之一的空间。

我和女儿的被褥并排铺在卧室里。这个房间也是四叠半大小，但屋里还放着我的梳妆台，如果再加上田所的被褥，那就过于拥挤了。

我隐约感觉到，田所父母并不打算让我们一直住在这里。特别是当女儿到了快上小学时，他们经常让田所来问我，想不想搬回去与他们同住。

和田所的父母同住，光是想想就令我郁闷。虽然我有信心与他们和谐相处，但我就不能经常和母亲见面了，这是我不愿意接受的。

田所的母亲说要给女儿买一张能用到上大学的好书桌，但太大的书桌又不知道该放在哪里好。可我要是抱怨屋子太小，公婆肯定会让我们搬去与他们同住。于是我只好仔细整理屋子，尽量少买些东西。

但母亲睡在狭小的屋子里也没有任何怨言。哪怕刚满六岁的女儿钻进被子里和她一起睡，她也不会嫌挤。女儿原本是睡在自己的被窝里的，可一不留神她就会抱着枕头跑到

第二章　立像之歌

小房间，钻进母亲的被窝里。

"我喜欢和外婆一起睡，特别暖和。"就算不是冬天，女儿也总会扬着可爱的小脸这么说。

我以前也喜欢钻进母亲的被窝。贴着母亲的身体部位感受着母亲的体温，让我能安心入眠。

听到女儿说出我儿时说过的话，我很羡慕女儿，但也知道自己已经不能再钻进母亲的被窝里了。

但至少让我把被褥铺在母亲隔壁，可考虑到房间的大小，也不太现实。我也想过把母亲的被褥铺在房间里田所被褥常铺的位置，这样就能三个人一起睡了。但被母亲责备："哲史早上回来想睡觉的时候，看到我睡在那里多不好。就像餐桌的位置一样，家中各处位置都是固定的。卧室里也是这样，就算人不在也要给他留着位置。我很感激他能让我经常到家里来，你说对吧？"

田所就算吃到母亲做的美味料理，也不会说什么好话或是感激，令我从心底里感到非常失望。但他并没因为妻子的母亲到访家里而摆出其他男人常有的厌恶神色，反而会问我母亲下次什么时候来，提着平时不会买给自己吃的蛋糕早早回家。

我想是因为母亲总夸奖田所。母亲对田所的评价，估计比我和田所母亲的都要高。田所应该也是明白的。

就像母亲说的，田所经常早上七点左右上完夜班回家，不吃饭也不洗澡就直接回房睡觉了。的确应该给他把平时睡觉的地方留出来。

因此，就只有我独自睡在了卧室里。

那时也是……

吹灭蜡烛，钻进被窝，闭上眼睛。我发现雨声格外地响，有隐隐超过风声的势头。制铁工厂就在海边，不会遭灾吧？我忍不住担心起田所来。河水会不会泛滥？建在平地上的家会不会被淹？我想起在电视上看到的房屋地板被淹的场景。

我一直闭着眼睛，再次睁开眼时，雨渐渐小了。随着雨声变弱，我听到了奇怪的声音，尖锐的"叭叭"声像是昆虫在耳边扇动翅膀发出的振动声。我一开始以为是自己耳鸣，但雨声停止后，我发现那声音不是来自我的脑袋，而是门外稍远的某处。

那是什么声音？不是警报声，但听着很熟悉。

我意识到那是汽车的喇叭声。一开始没听出来是因为

第二章　立像之歌

平时听到喇叭声都是短促的几声"叭、叭"声,而当时听到的是持续不断的喇叭声。但响着喇叭声的车不止一台。

而是几十台、几百台,似乎街区里的汽车都在发出悲鸣。这个时间不可能发生堵车,一片漆黑的街区里究竟发生了什么?我逐渐感到不安。这喇叭声要响到什么时候?为什么没人去阻止?不对,我离得这么远听着都很难受,声音中心的人应该都快疯了吧。

我后来才知道,是因为河水泛滥淹没了街区里的汽车。

正在我因为远处传来的喇叭声而焦躁不安时,突然"砰"的一声巨响像是从附近的地底钻出一般朝我压来。

我感觉整个房子都在剧烈摇晃。该不会是……我刚坐起身,房子就发出了吱呀吱呀的声音。

后山发生了泥石流,沙石冲向了我们的房子。"咚!"我听到重物倒塌的一声巨响。

"妈妈!"

女儿模糊的声音传来。

我拉了下灯绳,但电灯没亮。我摸索着走出漆黑的卧室,点燃了厨房桌子上的蜡烛。接着点燃客厅桌上的蜡烛,就看到通往衣橱房间的纸拉门横梁歪了。

房子被压塌了。

我去拉纸拉门,却打不开。

"母亲,你没事吧?"

我隔着纸拉门呼喊,却没人答复,只能隐约听到母亲的呻吟声。

母亲发生了什么?我一阵助跑,用身体撞向房门。撞了好几次,门终于被撞开了。昏暗的烛光中,我看到了里面倒下的衣柜。靠近山一侧的墙壁坍塌了,日式衣柜和西式衣柜都倒了下来。

"母亲!"

我从破开的房门处飞奔进房间。我听到身后传来轻微的"咔嗒"声,但我已无暇顾及。

"母亲你在哪儿?"

我大声呼喊。"这里……"母亲虚弱的声音从西式衣柜下方传来。我仔细看去,发现日式衣柜完全倒下了,但西式衣柜只倒下大半。

我挤过日式衣柜和前方墙壁形成的狭缝,钻进了房间里面。适应了黑暗的眼睛看到的是母亲被压在西式衣柜下方,只露出脑袋来。母亲身上虽然还有被子,但厚重的衣柜压在

第二章 立像之歌

了母亲背上，衣柜下半部分埋在崩碎的墙壁和黏土般的沙石之中。

我浑身颤抖，从身体深处发出了无声的惨叫。

我抓着西式衣柜的边缘，用尽浑身力气想把衣柜抬起来，它却纹丝未动。

"别管我，救孩子……"

母亲趴着说道。我朝衣柜下方看去，就看见里侧盖着被子的女儿的脑袋。

"妈妈救我。"

女儿模糊的声音带着哭腔。救出其中一人，势必会让另一个人被压得更厉害。

"等着，我去喊人。"

我说着，跑到客厅，就看到蹿起的火舌。客厅的沙发烧了起来，火焰已经烧到了窗帘。我茫然地呆站着，眼前的火势逐渐蔓延。我去找人帮忙的时候，家中恐怕就会被大火彻底吞噬。

我家中没有灭火器。火势大得已经不是去厨房拿桶接水就能浇灭的程度了。房子外面还在下着雨，可火势仍旧无情地蔓延着。

母性

"来不及了,快!"闻到烟味,母亲也意识到房子着火了,她挣扎着叫喊。

我回到衣柜房间,趴在西式衣柜底下,伸手抓住母亲的双臂。

"不是救我。"

母亲加大了声音。

"为什么?为什么!"

"你必须救的,不是我。"

"可母亲是我最重要的人。是生我养我的人。"

一瞬间,我的脑海中浮现出和母亲一起度过的时光。

"别说傻话,你不是小孩子了,你是母亲。"

"我不要,我是母亲的女儿。"

我不想失去母亲,我满脑子都是这个念头。

我拼命扯着母亲的手臂。但只把母亲拉出来十厘米左右。我把手扣在母亲腋下,更用力地拽着,这次挪动了十五厘米。

"放开,别拉了。你怎么就不听母亲的话呢?母亲必须去救孩子。"

母亲抬起终于探出衣柜的头,盯着我说道。

第二章　立像之歌

孩子……因为大火失了分寸的我，看着母亲的眼睛终于回过神来，这才想起了女儿。

但我还是没有松开抓着母亲的手。

背后传来炽热的感觉，耳朵里是噼里啪啦的声响。

"不，我不要。我要救母亲。孩子再生就是了。"

我这是写下了什么荒唐的话吗？

如果能将两人都救下，我当然会这么做。

可如果只能救一个人，是应该救生下自己的人，还是救自己生下的人？

做出这个决定，没人知道我有多艰难，我像是被撕裂了一般痛苦。

"应该救还有未来的人；身为母亲当然应该救孩子。"我不想听这种喝茶闲聊时的纸上谈兵。这种人肯定只会自己逃跑，谁也不去救。

我满眼泪水，头发散乱，拼命摇着头。可火焰一点点将房屋吞噬，终于蔓延到了我破开的纸拉门前。火光照亮了母亲的面庞。

我更加不愿松开抓着母亲的手了。

"求你了，听母亲的吧。比起自己，我更希望我的血脉能延续下去，好吗？"

母亲的眼中涌出泪水，从脸颊滑落。

"不！"我大喊着，想盖过母亲的声音。

可火焰的声音又将我的声音淹没，轰隆隆地朝着日式衣柜压来。

"能生下你，母亲真的很幸福。谢谢！你……以后……倾注所有的爱……悉心养育她长大。"

这是母亲最后的话。

啊，尊敬的神父——

我当时浑浑噩噩的，之后的记忆有些模糊了，我应该是在炽热和烟雾中，从衣柜下方救出了女儿，抱着她冲出了火海。

我抛下了母亲。我没能亲自将她安葬在棺材里，也没能为她装饰上鲜花。

田所应该是在那之后回来的。在我想冲进熊熊大火燃烧的家中时，他可能误以为我是要去救母亲，用满是油污的手从后面死命抱着我。

只有我知道，我用母亲的命换来了女儿的命。

尽其所能地疼爱……我知道答案了。

第二章 立像之歌

　　我之所以将女儿精心呵护长大,是因为这是母亲临终的嘱托。

　　而我,又怎会亲手夺去女儿的生命呢?

女儿的回忆

美好的家庭画面被火焰烧毁了。

开满玫瑰和百合的家消失了,我也和外婆永别了。

那是唯一一个给了我"无私的爱"的人。

外婆给我的最后的礼物是绣着小鸟图案的琴谱包和凯蒂猫的文具盒。我其实想在琴谱包上绣凯蒂猫图案,但妈妈劝我都绣上小鸟,我就这么告诉外婆了。

然后外婆给了我小鸟琴谱包,还送了我凯蒂猫文具盒。我当时很开心,但现在突然意识到,外婆是不是以为我不想要她亲手做的东西,而是市售的商品?如果外婆真的这样想,那她会不会对我很失望?其实我完全没有那个意思。擅长刺绣的外婆给我做了世界上独一无二的东西,这让我无比开心。

但我现在后悔为时已晚。还是别苦恼于那些不确定的事情了,想想开心的事情吧。

折纸、绘画、娃娃。购物时会夸我算数好,写信时会夸我写字好看。温柔摸我头的温暖手掌。无色无味的想象世

第二章 立像之歌

界里,偶尔会出现些颜色和香气,关于外婆的记忆也会伴随着温度。

她会摸我的头,牵着我的手,关于外婆的温度的记忆有很多,但我最喜欢的还是钻进外婆被窝里时的温暖。

我平时躺进被窝也很难入睡,但钻进外婆的被窝里,被那股温暖包围着,就能沉沉睡去,前往梦中的世界。

外婆总是温柔地让我钻进被窝里。就算是在冬天里刚洗完澡,光着冷冰冰的脚钻进被窝,我外婆也是如此。

"好冷,好冷,我给你焐焐。"

外婆说着,夹着我的脚……所以我才喜欢上了中谷亨。

怎么又说到了亨。或许因为他也与温度的记忆相关。在黑暗中回顾的人生似乎并不按照时间顺序进行。

那是高一时候的事情。

学校在十一月举行了野外合宿。房间本该是男女分开的,但有几对甜蜜的情侣,加上大多数不安分的学生,连带我这个局外人也不得不住进了男女同住的狭小木屋里。

而且,我刚好睡在三男三女中间。倒也不是刻意为之,只是原本睡在我旁边的三名女生换成了中谷亨和其他两名男生。

我虽然不厌恶亨,但睡在他旁边也还会害羞得睡不着。我们是同班同学,但是没怎么说过话。我们初中不一样,所以也不太了解他的性格。我知道他是田径队的,但也不清楚具体是什么项目。大致就是这样的关系。被赶出来的男生基本上都是这样的。当然,被赶出来的女生也大致如此。

位于山里的合宿场白天很暖和,可到了晚上,就算待在小木屋里也会哈出白气。合宿原定在五月举行,但因为意外暴发季节性流行病,延期到了十一月。

"你要是做些出格的事,我就告诉大家。"

"我才不会呢。"

关灯后,六个人一起钻进了被窝,两头的男女同学互相监督,确保没有身体接触。

可仅靠一床潮湿沉重的被子,实在让我冷得睡不着。我习惯了睡不着。我迷迷糊糊地想着小时候的事情,裹着被子翻过身去,右脚一下子撞到了硬物。

那是从旁边被子里伸出来的,中谷亨的脚。

"抱歉。"

我急忙道歉,因为我知道自己的脚很冷。他没有说话。我庆幸没有吵醒他,转身平躺闭上了眼。就在那一个瞬间,

第二章 立像之歌

被子里伸进来两只脚。

外婆?有一瞬间,我以为那是外婆的脚,但触感完全不同。那双脚骨节突出,但温暖的脚掌裹住我的双脚,夹在其中。

我惊讶地睁开眼,朝那双脚的方向看去。在昏暗的光线中,亨面朝着我闭着眼,呼吸均匀。他大概是在装睡。我担心还没将我的脚焐暖,亨的脚就变凉了。我慢慢将脚往回抽,对方却一下子加大了力道,让我动弹不得。

我只好闭上眼睛,脚上的暖意传到了全身,我一觉沉沉地睡到了天亮,也没做什么噩梦。我趁大家还没起床,悄悄收回来脚,没再感受到对方突然加重的力道。

我看着他正在酣睡的侧脸,不由得觉得他摘了眼镜有点帅气。又觉得自己这想法很荒唐,慌忙将自己藏进被子里。

等亨起床了我该用什么态度对待他?是应该道歉还是道谢?还是应该假装无事发生?我认真地想了很多。结果原本睡在这个屋子的同学回来了,招呼亨和其他男生起床,走出了小木屋。

我和亨是两周后开始交往的。

是亨提出的,但他好像在野外合宿之前也对我毫无兴趣。

顶多是在放学后，偶然看到我在英语研究部的教室前毫无顾忌地喝着营养饮料，感觉有些好奇罢了。他只是被突然闯进小木屋的女生赶出去，偶然睡在了我的隔壁。但我不小心碰到他的脚格外地凉，他想帮帮我，就突然伸出脚来帮我焐。双脚交缠躺着的时候，他不知不觉地把我当成了女朋友。

"我们交往吧。"我之所以点头答应，是因为漫不经意的举动与我最幸福的回忆碰巧重合了，还是因为单纯地希望有人能看到我呢？

"那，以后我们互称名字吧。"亨一开始这样提议。

可能是知道与我关系好的女同学也只叫我"田所同学"，所以特意这样说。他这种体贴也与外婆很像。但我拒绝了。没人会叫我的名字，我并不觉得那是我的东西。

后来，亨叫我"平助"。那是他以前养的小鸟的名字，说是和我很像。我虽然有点不满那像是雄鸟的名字，但没有拒绝。

"你好像也知道自己像只小鸟。"

他发现我的文具、手帕等物品上大都有小鸟图案，于是在生日的时候送了我有小鸟图案的小镜子。我很喜欢那简单又可爱的图案,问他是在哪里买的,还有没有其他商品。他告诉我是自己买了纯色的木制镜子,用丙烯颜料自己画上了图案。小鸟表情天真,毛色细腻,画得特别好。我都没好意思告诉他,我中学时是美术社团的。

那之后,他经常会给我的东西画上小鸟图案。

我记得镜子好像在口袋里。

我想拿出来看看,可身体完全动不了。我的身体应该已经变得冰冷了。

亨第二次帮我暖脚的时候,我稍微提起了和外婆的回忆。我先告诉他外婆在我上小学前就去世了,然后说到小鸟刺绣和钻被子的故事。

"外婆真棒,好想见见她啊。"

我以为他听到自己和外婆的相似之处会生气,没想到他却这么说。

他的反应让我特别高兴,但也没提外婆去世时的事情。

我不愿想起幸福生活最后的结局才没有提起,可脑海里却想起了嘈杂的雨声。

声音。伴随着那天的记忆的,是声音。

与最爱的外婆的分别,是在那天突然到来的。

那是在我六岁,上小学半年之前的时候。

当时在制铁工厂的父亲经常上夜班,父亲不在的时候,外婆经常在家里过夜。我给外婆写信的时候,母亲让我邀请外婆再来家中玩。但就算她不说,我应该也会这样写。

在梦想的家中生活的父母从不争吵,背诵诗歌和吟唱歌曲的身姿看起来很幸福。但他们很少对我露出笑容。这样的两个人,在外婆面前却会展露笑容。

外婆不经意的一句话,会让父亲展露只有亲近的人才会察觉的浅笑,妈妈也会露出灿烂的笑容。我肯定也露出了笑容吧。

因为外婆总是带着沉稳而温柔的笑容。在梦想的家中,母亲常常对我说,"人的脸是一面镜子"。虽然那句话大致是从外婆那里学来的,但年幼的我还是在心里赞同,难怪外婆来家里时,大家都会露出笑脸。对方面带笑容,你也会笑,对方满脸怒意,你也会生气。

但田所家的人颠覆了这一说法。他们看到我的笑容会露出嫌恶的表情,而当我心力交瘁无力做出表情时,他们又表现得欣喜异常。

第二章　立像之歌

果然，外婆是特殊的存在。

对父亲，对我，对任何人来说都是特殊的存在，对母亲更是。

外婆去世的事登上了当时的报纸。反季的台风引起的泥石流灾害导致了她的死亡。我从报纸上了解到，那场台风是二十年一遇的超强台风。报纸上的描述我一点不觉得过分，因为我记忆中的风雨的确很强。

那天，外婆比平时来得早。我期待着和母亲一起去公交车站接外婆，然后一起去购物。可那天下起了雨，母亲说担心我在楼梯上摔倒，于是让我和还在卧室睡觉的父亲一起待在家里。

我焦急地等待着外婆，一直往窗外张望。只见乌云渐渐笼罩整个小镇，我用力闭着眼睛，祈祷外婆能赶在乌云之前回来。看到外婆从远处走来，我急忙跑到玄关，扑到外婆身上。

外婆给我带了礼物，是小鸟图案的琴谱包和凯蒂猫图案的文具盒。那天的礼物并不特别，可我的心怦怦乱跳，特别开心。我记得自己提着琴谱包，在房间里蹦来蹦去。

现在想来，让我心跳加速的或许是逐渐逼近的乌云。

母性

我害怕独自面对，但和最爱的人一起面对就会让我变得十分兴奋。或许我当时的心境是这样的。

母亲和外婆买回来的蜡烛和罐头让我感到新奇，似乎有些兴奋。

父亲往常总是吃过晚饭再去上班，那天却说要早点出门。母亲准备便当时，我在一旁帮忙放上隔挡纸片，在米饭上摆上梅干。提早送父亲去上班后，我们提前吃了晚饭，早早洗了澡。和平常只是有些许不同，可正是那一点不同，让我能清楚地记得那天发生的事情。

停电发生在母亲刚洗完澡之后。据母亲说，她依次点燃了厨房和客厅的蜡烛。黑暗中亮起了橘色烛光，我明明不觉得害怕，却还是说着"好可怕"，抓紧了外婆的手臂。我年幼的心里知道，外婆会搂着我出声安慰。

所以，那天刚一停电我就钻进了外婆的被窝里。

我的被褥和母亲的一起铺在卧室里。但外婆留宿的时候，就算我一开始睡在自己的被窝里，也总会找时机跑进狭小的衣柜房间，钻进外婆的被窝里。

"明年你就上小学了，要学着自己睡。"就算屋子外面风雨交加，还停了电，母亲也会这样责备我。但我并不在

第二章　立像之歌

意，因为外婆总会温柔地站在我这边。

"上了小学，要努力哦。"

一个月前，外婆就给我买了最新款的书包。

虽然天气还不算冷，但我那天一钻进外婆的被窝就搂着她。外婆夹着我的脚给我焐着，我就保持刚钻进去的姿势睡着了。

事情发生在早晨，报纸上说是凌晨五点多。对于正在熟睡的我来说，只觉得还在深夜。

我在睡梦中听到"隆隆隆"的声音，仿佛山崩地裂般，我一下子睁开了眼。

我听到耳边传来吱嘎声，地板在摇晃。外婆刚喊着"出去……"，两个衣柜就接连倒下。靠近门口的日式衣柜"砰"地倒下，西式衣柜则半倒下来。

衣柜压着外婆的后背，衣柜虽然没有压在我身上，但我被困在外婆和衣柜之间的缝隙里，裹着被子动弹不得。

"外婆，你没事吧?!"

外婆没有回答，只传出虚弱的呻吟声。

"妈妈！"

我拼命喊着母亲。

母性

耳边的声音停了,可远处却传来"叭叭叭"的长鸣,像是坏掉的玩具在不停播放电子音效。我的声音会不会被那噪音盖下去了?我既害怕又担忧。

不久,我听到有人在撞击房门,是母亲在衣柜房间门外。我被困在衣柜深处,裹着被子。我只知道母亲来了,听不清她在说什么。但我知道,母亲在拼命地想救出外婆和我。

母亲的手伸过来,抓着外婆的手臂拼命往外拉。可外婆的身子只稍微挪动了几分。快,快救外婆,我祈祷着。突然一阵烧焦的味道传来,着火了。意识到这一点,我一瞬间颤抖起来,喘不过气,快要晕过去了。

我意识模糊间,隐约听到了母亲和外婆的声音。两人的声音渐渐大了起来,可我只能听到什么"母亲""女儿"几个词语,听不清具体内容。"别说了,快救……"我说不出话,想法在脑海中逐渐消散。

这时,响起了母亲的哀号。

那应该是外婆气绝的瞬间。

外婆……

过了一会儿,一双满是油污的手从衣柜底下伸进来,将我拉了出去。房间里满是烟雾,我一下子吸进去,就此失去了意识。

我原以为外婆是被压死的,可祖父母却说是被烧死的。准确来说,是被活活烧死的。但父亲和母亲从不谈及外婆的死因,对那天发生的事情更是绝口不提,仿佛连同整个梦想的家都封印起来了。

我太想念那个梦想的家了,中学的时候曾经查过相关新闻报道。报道上说,"遭遇泥石流灾害后,燃烧的蜡烛引燃了家具",遭受了台风和火灾事故,可并没有提到外婆的死因。

那或许是母亲唯一的救赎。虽说是意外,但蜡烛是母亲点燃的。这件事情不能提,我这样想着,同时也将梦想的家的所有回忆封印在了心底。

"上了小学,要努力哦。"

这是外婆留给我的最后的话语。我失去了这世上唯一一个爱我的人,失去了有关梦想的家的所有真相……

当时,要是死的是我就好了。比起被母亲憎恶,死在泥石流或是火灾之中,对我来说是一种救赎。

母性

愿意舍弃自己宝贵的生命,
只为爱我的人是谁?
若有人愿意为我葬身海底,
我便能从石像中解脱,
再次获得生命,走向生命。

我无比渴望躁动的鲜血,
石像却异常宁静。
我梦想着生命,生命如此欢愉。
谁能将我唤醒,谁是那具备勇气之人?

若我获得最宝贵之物,
我苏醒于生命的某处,
…………
我将独自哭泣,
渴求重回石像。
我的鲜血即便甘醇如红酒,又有何用?
已无法将最爱我之人,
从深海唤回身旁。

第三章

叹息

关于母性

"那一起吃晚饭吧,边吃边聊。"

隔壁桌的语文老师提议,于是我带他去了"小律"。

"不是吧,怎么是章鱼小丸子店?就算是月底了也不至于这么小气吧。虽说是你有事找我,但我也没打算让后辈买单。"

"'店不可貌相'。这家店白天的确是很受主妇和学生欢迎的章鱼小丸子店,但晚上就会变成挺出名的小酒馆。除了章鱼小丸子还有其他料理。这香味闻着就让人食指大动,还很配啤酒。"

我说着,率先掀开帘子走进店里。

小律一手拿着铁签子,站在满是圆形小洞的铁板前热情地招呼——"欢迎光临!"

"好久不见啊,这是?……"

"同事。"

"老板好,这里跟酱汁的确挺搭的。"

第三章　叹　息

"别说出来啊，真没礼貌。"

我说着语文老师，举起一只手跟小律表示抱歉。小律一脸"我知道这是开玩笑"的笑容，把我们引到了吧台最里侧的位置。

我们点了生啤酒、乌龙茶、酱汁和酱油口味的章鱼小丸子各一盘。

"你不喝酒吗？"

"我在戒酒，没事，你喝。"

店里只有小律一人在招呼。她把啤酒倒进冰镇过的酒杯中，在冰乌龙茶的杯子里放进冰球，然后和一小碟毛豆一起端了过来。她说了声"慢用"，又回到了铁板前。马路旁的窗外，点了外带的客人在排队等待。

"辛苦啦。"

我和语文老师形式性地干杯，拈起毛豆吃起来。

"早上你问我那个报道的事情后，我一整天都在想那件事……那个孩子的确不像是自杀的。她的事情我只了解到前年，她之前是个很省心的孩子。我和她没有太多接触，也不能断定她没有理由自杀。但我的确想不出个缘由来。但还有更令我想不通的事情。"

"是什么?"

"你为什么对这件事感兴趣?你可别说什么因为你是老师。"

"因为……"

"久等了。"

小律一手端着一份章鱼小丸子,猛地放在吧台上。外带的容器是一次性的塑料制品,但晚上堂食的容器是黑底红边的船型陶盘,显得别有风味。盘子里的八个章鱼小丸子不是最近流行的大颗,而是传统的中等大小。浇了辣油,表面酥脆的章鱼小丸子,可以一口一个。

"先吃吧。"

我话还没说完,语文老师就从吧台上的签筒里拿出竹签,刺进木鱼花跳动的酱油章鱼小丸子里。

我想了解那起事件,但至于要不要告诉对方我自己的事情,我还需要边吃边考虑。

母亲的手记

尊敬的神父,从母亲去世的那天起,我的世界就彻底改变了。

失去了父亲和母亲,我已是举目无亲。偌大的世界里,我是孤身一人。世界本该是广袤美丽的,可失去了太阳的我周遭只有黑暗。即使脚边开出美丽的花朵,我也不会注意到,可能只会毫无察觉地一脚踩下。

"你是我如太阳一般的孩子。"母亲曾这样告诉我。可母亲才是我的太阳。如果把母亲比作太阳,我就只是月亮。照亮夜空的月亮并非绽放自己的光芒,只是借了太阳的光罢了。失去太阳的月亮和路边的石块一样毫无差别。

在黑暗中的滚石只能祈祷没人被自己绊倒,可我还心存一丝希望。哪怕人工光源也好,希望有人能注意到我,再次温柔地照亮我。

别说什么"你不是有田所和女儿了吗?"。他们和我生活在同一个屋檐下,这样看或许称得上是家人,但这和父母的意义截然不同。

对我而言,家人是能共享喜悦的伙伴。

至于田所和女儿,还有可怕的那天之后和我一起生活的田所家人们,哪怕我分享万分的喜悦,也不会得到丁点儿反馈。

可我还是努力尝试过。我从小就非常努力,但我发现我的努力需要父母的爱作为支撑。因为我知道父母会夸奖我,那是一种甜蜜的努力。

于是,我做了一个决定。如果没人愿意照亮我,那我就打磨自己这块石头。如果因为失去阳光就顾影自怜,实在对不起生养我的父母。我要成为像母亲那样绽放光明的人。

可我费尽心力试图绽放出的光芒,尊敬的神父啊,却被女儿阻挡了。

当然,我是爱她的。我希望自身的光芒首先照亮她。可她心里有堵阴暗的巨墙,隔绝了所有人的光芒,哪怕是来自我这个母亲的。

我意识到这一点,是在那场台风发生的四年后,在女儿十岁生日那天晚上。

看着那个小婴儿如今已经长这么大了,我感慨着伸出

第三章　叹　息

手想去抚摸女儿的脑袋。可我的指尖刚触碰到她的发梢，就被她用力拨开了，像是被什么不干净的东西碰到了似的。

女儿没有要醒过来的意思，只是无意识中抗拒着母亲的手。

您能理解那一刻我心中的绝望吧？

自我记事起，或是更早之前，母亲总会温柔地抚摸我。不只是脑袋，母亲还会用温暖的手慈爱地抚摸我的全身，为女儿的成长而喜悦。

我摔倒擦伤时，只要母亲亲手给我上软膏，疼痛就能马上缓解。在学校和朋友吵了架哭着回家时，母亲只要抚摸着我的额头哄我，我就能有勇气第二天去和朋友和好。

考试拿了满分时，我会雀跃着跑回家。我把试卷展开来给在厨房准备晚饭的母亲看，她会夸我真棒。母亲会用围裙擦干湿漉漉的手，拈起做好的菜给我尝味道。

光是在笔记本里这样写下来，我就能回想起母亲做的土豆炖肉的滋味。

母亲用长筷子夹起土豆，放到嘴边吹凉，再慢慢放进我大张的嘴里。舌尖上绵密的土豆吸饱了浓郁的汤汁，我慢慢地嚼了起来。母亲伸出手来抚摸我的脑袋说："妈妈很开心。"我咽下嘴里的土豆,昂起得意的小脸回答她:"我是为了妈妈才这么努力的。"母亲听了又欣慰地来摸我的脑袋。刚咽下的土豆温热,母亲的手更温暖。我的心自外而内,又自内而外地暖了起来。

我只是想让女儿体会相同的喜悦。但女儿抗拒了我的手,这或许是我自作自受。因为那是我自那之后,第一次想要触碰女儿。

在那天以前,我从不曾犹豫。我会像母亲曾经对待我一样,牵起女儿的手,让她坐在我的膝上,抚摸她小小的身子。

去镇上购物时,我很喜欢和田所一起牵着女儿的手,三个人沿坡道从高坡上的家走到停车场。田所有时会害羞,说是这样车子来了会危险,要松开手去。我说这是山间小道,来车了再松手就好。于是他照旧牵着,配合着女儿的脚步,边吹口哨边走着。

我悄悄回头,看到我们三人的影子拉得长长的,就像是父亲、母亲和我三人走在一起似的,令我感到一阵幸福涌上心头。可是⋯⋯

回过神来,我变得不再触碰女儿,甚至躲避着她的触碰。

这绝不是因为我对女儿的爱消失了。不知是女儿的手比较特别，还是孩子的手都会这样，她的手在寒冬里也特别温暖。

她手上传来的温度令我想起母亲，又想起再也无法感受母亲温柔的抚摸，于是陷入悲伤之中。

我失去了母亲，而她却还有母亲。

她呼唤母亲就能得到回应，有人会抚摸她的头。为什么她有，我却没有呢？我明明没有做什么坏事。为什么她毫不体谅我失去母亲的悲痛，理所当然地来找我撒娇？

我知道女儿没有做错什么，但还是忍不住甩开她握过来的手。

想着弥补罪恶，于是我才想要抚摸沉睡的女儿。可她抗拒了我。

尊敬的神父，没有接触就无法培养出爱吗？爱无法靠心意传达吗？我不这么认为。母亲去世后，我依旧能感受到母亲的爱。

母亲对我的爱让我认为自己应该侍奉长辈，要优先满足他人的喜好。

孝敬田所的双亲，爱护田所的妹妹们。说起来简单，做起来难。我无数次觉得他们在无理取闹，想抛下一切，想大声喊出我的厌恶。可同时,我又能感受到母亲的爱,听到母亲的声音说,"真了不起,不愧是母亲的女儿"。

母亲曾教我做人的道理,我也要将其教导给女儿。我曾认为女儿是个聪明的孩子,能很好地理解我说的话。还为女儿的成长感到欣慰,觉得她接受了我的爱。

可她完全没有理解。

高坡上的家焚烧殆尽后,我们自然只能住进田所的家。

婆婆接我们回去时,仿佛忘记自己曾多次旁敲侧击地让我们回去住。

"我是个操心的性子,好不容易女儿嫁出去了,我能过几天清闲日子。结果你们三个又搬回来,这让我压力很大啊。我要不干脆找个公寓搬出去住吧。"

刚失去母亲的我,已然没有底气说搬出去住了。只能深深地低下头去说:"我们绝不给您添麻烦,请您让我们住下吧。"

田所家是两层的日式房屋,我们住在二楼的一间房里。田所和女儿很快就习惯了,经常将电视和唱片放得很大声。只有我一个人小心翼翼地生活,连脚步声都不敢发出。

因为婆婆只能听见我发出的声音。有好几次,我明明

第三章 叹 息

是最后一个去洗澡的,婆婆却不知什么时候来了。等我洗完出来,就看见婆婆站在换衣服的地方,怒声责备我浪费水,不顾我还赤身裸体。我用已经凉透的浴缸水洗身体时,也只好一点点洗,生怕发出声音。

或许正因为这样,我刚搬家不久就感冒了。我收拾完早饭的餐具,便回房休息了。结果婆婆上到二楼的房间里来找我。"我勉为其难才让你们住下,你这是什么态度!"

我告诉她我生病了,可她不仅一句关心都没有,还说:"感冒了就想什么都不干吗?那你岂不是要感冒一辈子。我发烧到四十度还下地呢。你该庆幸今年的稻子已经收完了。"

听她这么说,我只好脚步虚浮地站起身来,拿起扫帚打扫庭院去了。

宽广的庭院里种着应季开花的树木,其中还有垂樱。本该是红叶纷飞的季节,树木被台风卷走了所有树叶,一幅孤寂景象,就像我一样。我们只剩穿着的一身衣服,婆婆给田所和女儿买了全新的衣服和内衣,却给我穿田所已出嫁的妹妹宪子的旧衣服。高大的宪子的衣服对我来说太大了,袖子垂下来,显得人邋里邋遢的。

我用心做的饭菜,婆婆也说不合胃口,用力撂下筷子。

洗衣服时，她也说不愿意和我的衣服一起洗，要我重新洗一遍。连我发烧时也不允许我躺下休息。

与其过这样的日子，不如去追随母亲。

我脑子里都是这样的想法，打扫庭院时开始认真思考，哪棵树适合上吊。我想找一棵像我一样的垂樱，但可惜的是，那低垂的枝条并不适合上吊。那就在树下咬舌自尽吧。

我当真打算等过了母亲的七七就了结自己，可是……

七七那天早晨，我像往常一样去打扫庭院，看到垂樱枝头开着一朵粉色的八重樱。我从未听过有在十二月开放的樱花。

这一定是母亲让它绽放的。母亲是想告诉我别做傻事，要努力。

婆婆对我如此严厉，是因为我与她不交心。她看穿了，我在心底没把她当成母亲。如果能考虑婆婆需要什么，用心进行侍奉，她一定能接受自己。于是我渐渐将自己当成了田所家的人。

我努力在日常生活中表现，不熟悉的田间劳作我也比公婆干得更加尽心尽力。三年多后，婆婆虽然依旧言辞辛辣，但也有所改观。我们能在房子旁边建起自己的小房子了。

第三章 叹 息

在大阪就读女子大学的小姑子律子毕业归来,我们将二楼律子的房间让了出来,搬进了小房子里。虽然只是日式的小平房,但大小和格局与高坡上的房子很像。虽然没有浴室,厨房也很拥挤,我们只能和公婆一起吃饭,但我还是很高兴能有属于自己的空间。

提议让我们搬出去的是婆婆,这让我很感激她。我觉得自己的努力得到了认可,抚摸着满是坑洞的樱花树,想将感谢之情传达给母亲。

小姑子律子也经常回婆家来。但日常生活并不总是快乐的。

或许这就是一家人的餐桌吧。虽说没有办法,但我还是隔三岔五地叹气。日式房间里长方形的矮脚饭桌两端坐着公公和田所,里侧并排坐着婆婆和律子,我和女儿坐在靠门的位置。这是固定的位置。

每天吃饭时,公婆都要就寺院捐款和国家的减反政策展开一番讨论。如果突然被问到看法,而我没能立刻回答,就会被婆婆抱怨。所以我总是匆匆嚼两口就咽下肚。

"没读过四年制大学的媳妇就是脑袋不灵光。"婆婆竟然看不起我的学历。

父母也曾劝我去读四年制大学，但我觉得如果只是为了提高作为女性的修养，短期大学就足够了。而且，当时我也不想离开父母独自生活四年。

在婆婆看来这却是缺点。可明明律子就读的女子大学我连听都没听过。田所和律子被问及想法时也没有说出个所以然来，只是无视父母的问题，默默吃着饭。

"哲史，你怎么想？"

"律子，你快说说你爸。"

田所对父母的问话充耳不闻，律子也只是笑笑，继续吃饭。面对孩子们的反应，他们没再问什么，转而问到了我这里。

"要不下次还是回答爸妈的话吧。"我在小屋跟田所提议，他却只说那会没完没了。

"可你不回答他们就会问我了。"听我这么说，田所不耐烦地让我也无视他们就好。

我可不敢无视父母。再说，要是我真这么做了，还不知会被说些什么呢。一直以来，只要设身处地为对方着想，就能知道他想要些什么。我自信能够做到这一点。

田所的父母问我关于寺庙捐款金额和减反政策时，我

第三章 叹 息

也觉得自己回答得很得体。虽然我很多时候心里是赞成公公的看法的，可讨了婆婆的嫌就不利于家庭和睦。所以只要不是特别严重的问题，我都会站在婆婆这边。

当然，这会让公公不高兴。可不知为何，婆婆得到了支持也并不高兴。

"算了，问你也没用。"她一脸轻蔑，"真是的，这么难吃的东西，真是咽不下去。"说着起身离开了。

但我觉得，那是因为我没能完全理解婆婆的为人。又觉得，是因为婆婆没有尊重我。

如果她能了解真正的我，一定会接纳我的。或许是因为现在公婆身体健康，不需要我们的照顾，所以才可以保持距离。人生并不只有短短的三五十年。未来还有几十年的生活，一步一步稳固根基就好。

我的这种想法，女儿却无法理解。公婆争论时，田所和律子都沉默不语，可还在上小学的女儿却会经常插嘴大人的谈话。

"给寺庙捐钱，不就是希望正殿入口旁的石头上刻的头一个名字是自己的吗？所以才要考虑捐多少钱。太愚蠢了。国家都说了要减少农田了，爸爸的公司也不景气了，哪儿还

101

有闲钱干这个？"女儿一本正经地说道。

她说得没错，我其实也是这么想的。当时，田所工作的制铁工厂受到韩国第二次产业快速成长的影响，订单逐渐减少。他不用再上夜班，休息日不用出勤，加班也少了。一周里有一半时间能按时下班回家。相应的，工资也少了。

可这话从女儿的嘴里说出来，就算是正确的，自尊心强的人也很难点头认同。

"小孩子别插嘴。"婆婆呵斥道。但女儿并不会因此退缩。

"那就别在小孩子面前说啊。"她一脸平静地回答。女儿倔强的脾气应该也是遗传自婆婆。

女儿并不尊敬祖母，婆婆也不疼爱这个孙女。两个人就像外人一样针锋相对。女儿的脾气一旦被点燃，就不会中途收敛。

"再说了，与其给寺庙捐上几百万，不如给妈妈发工资。她每天从早忙到晚，还要做家务。可什么事情都不做的小律却每个月都有零花钱。"

这也是事实。之前还要雇人耕种，我们搬回来后就只靠家里人自己了。

第三章 叹 息

"耕种不就是要靠公婆和媳妇吗？家家都是这么过来的，自家的田要自己守。我们家以前还是地主，不做个表率多丢人啊。你也该早点有这个觉悟，别总当自己是个小公主，给人添麻烦。"

只要承认家里已经没钱雇人耕种，问我一句能不能一起干活，我就能舒服许多。可心气高的人说不出这种话。

律子刚回来的时候，被父母介绍去了蔬菜批发市场工作，可被同事说了闲话，不到一个月就辞了职，一直待在家里做些手工艺活。

"我也不想让她干了。每次下班回来，手都变得很粗糙。是农业协会的课长想让你去那边工作，但这工作的确不适合待嫁的女孩子。"

这份工作并不值得婆婆青筋暴怒，只需要将青菜放进网兜，再装进纸箱。我的手比律子的手要粗糙得多，可婆婆却视而不见。

她觉得这是理所当然的，因为婆婆的手更加粗糙，关节突出。她觉得媳妇和自己一样劳动是理所当然的，可女儿不想让我吃这种苦。这是她的孝心。如果母亲还活着，看见我的手，肯定非常伤心。

母性

可母亲变成了樱花树。晚上睡前,我看着自己的手,觉得很心酸。可想到垂樱的枝条,又感觉母亲总会温柔地裹住我的手。告诉我,"你已经很努力了"。

我很羡慕被母亲保护的律子。但婆婆不是愚蠢的人,她总会发现,我比无所事事的律子付出了更多。我相信她会给予我同等乃至更多的爱。

母亲就是要守护孩子。可女儿不但没有躲在父母身后,反而亲自上前火上浇油,明明自己毫无反抗之力。

"不乐意就搬出去。"婆婆为了堵上女儿的嘴这样说道。

女儿陷入沉默,婆婆则转向了我。"别忘了,可是你们求着要住进来的。我还给你们建了房子,你居然好意思让我付工资。你不会觉得自己在照顾我们吧?就算没有你们,我和你爸也能过得很好。反正律子也回来了,你们随时可以搬走,我还巴不得呢。"

我一直以来的努力,就这样随着女儿的成长付诸东流了。女儿还做了更加过分的事情。

整天窝在房间里做人偶的律子在辞职三个月后,终于渐渐走出了家门。她还年轻,应该是和当地的朋友去玩了。

第三章 叹息

可某天，为了给女儿在暑假前举办的合唱表演购置新衣服，我去了稍远的临镇商城。却偶然看到律子和一个男人在一起。

律子也是二十二岁的成年人了，有交往对象并不奇怪，可我看着这两人却总觉得别扭。

律子在大阪待了四年，但看起来依旧很俗气。微胖的身形，鼻子圆钝，脸盘很大。她或许也知道自己不适合时尚的服饰。但她从小就学习茶道、花道和古筝，倒也有别样的气质。

可和她在一起的男人则完全相反。身材瘦弱，唇边带着轻佻的笑容，走路时耸肩驼背，双手插兜，和律子一点也不相称。

他们绝不是普通情侣关系。我躲在远处张望着，心里升起一股不安。但我们不是亲生的姐妹，我没法理直气壮地拦在两人面前，质问他们是什么关系。只好趁着律子还没发现，悄悄离开了。

经历了这个插曲，我忘了给女儿买袜子。听合唱时，我一直在担心班主任或者同班学生的家长会觉得我是个不称职的母亲，连双袜子都置办不好。

律子给男人付钱令我很在意，但冷静下来想想，也可

母性

能是买的生日礼物。只怪自己一下失了分寸,大惊小怪了。

可自那之后,我每周都能看见律子和那个男人在一起。不是远远看见,而是半夜出现在家附近。男人将大阪牌照的黑色改装轿车停在田埂上,律子坐在副驾驶座。

第一次是我参加完妇女会,在回家的路上偶然看见的。那之后,在律子晚上悄悄溜出门后,我会跟在后面偷看。我这绝不是出于好奇心,而是因为我有一种不祥的预感。但我并没有告诉田所和公婆。

而我的预感最终应验了。

九月初的一个雨天下午,律子来小房子找我。我正在享受难得的独处时光,给坐垫套绣着刺绣。我把律子迎进屋里,给她泡了咖啡。我猜想她是要来找我讨论恋爱的问题,不安的同时,心底又有些期待。我将田所用来配威士忌的巧克力在盘子里摆成心形,放在了桌子正中。

可律子的来意与恋情无关。

"嫂子,能不能借我点钱?"她开口就问。

律子应该比我有钱才对。田所微薄的工资,扣除一家六口的日常花销,到我手上就所剩无几了。就连坐垫套也只能买最便宜的白色布料,自己缝制,再绣上刺绣。不过,如

第三章 叹 息

果她是想买新衣服或手提包，还差一点钱的话，我倒是能借给她一点。我问律子需要多少。

"一百万，行吗？你不是把娘家的房子卖了吗？"

我不禁怀疑我的耳朵。母亲去世后，公婆的确提议让我卖掉那个房子。但那个家里满载着我与父母的回忆，我不想贱卖。正好曾一起在绘画教室上课的仁美问我能不能租给她，她愿意付房租。

仁美的哥哥结婚后搬回了家里，她考虑到大嫂会不自在，打算自己搬出去。她在市政府工作，过着自由自在的生活，令我有些羡慕。但她三十五岁了还是单身，令我对她更多的是同情。

田所兴致缺缺地表示，那是我的房子，自己处理就好。

家具都处理掉了，但母亲打理的庭院保留了原样，仁美也答应好好打理，于是我就同意了。律子大概是不知道这些事情。

仁美每个月会给我两万日元房租，但都花在了女儿的衣服和日常花销上，几乎没有剩下什么钱。就算把房子卖了，拿到了一笔钱，也不可能轻易借出去一百万日元巨款。

我问律子借钱做什么。律子坦白说，她想和现在的恋人结婚，但对方说自己的父亲欠了钱，在债务还清之前没办法结婚。

那个男人叫黑岩克利。律子在大阪上学时经常去一家电影院，他在那里工作。两人原本是朋友，律子回乡后，黑岩发现了自己对律子的特殊情感，于是每周都会来找她。

律子不停说着恋啊爱啊的，倾诉着自己对黑岩的情感。可我担心律子被骗钱。

"金额太大了，我得跟田所商量一下。"

我这么一说，律子立刻不高兴了。"绝对不能告诉哥哥，算了。"说着就离开了。

当晚，律子吃过晚饭后溜出了家门。她或许以为悄无声息，但我立刻就发现了。其实婆婆也早就注意到了律子奇怪的举动。我在厨房洗碗时，婆婆过来问我知不知道律子去了哪里。她似乎也想知道律子白天来小屋子找我是为了什么。

我将与律子的对话告诉了婆婆，因为只有母亲能解决女儿的烦恼。我觉得律子其实是想找母亲商量的，但是不知如何向泼辣的母亲开口，只能来找我，让我告诉母亲。

婆婆一脸为难地听着。在我提到一百万的金额时惊讶地张大了嘴，沉默着叹了口气。

第三章 叹 息

"她应该在不远的田埂边上,您要去看看吗?"我问道。

婆婆仍旧大张着嘴,点了点头,我们一起出去了。

律子果然和往常一样,坐在黑岩的车的副驾驶座。但不同于以往的甜蜜氛围,黑岩表情严肃地将头偏到了一边,律子则低着头,快要哭出来一般。

婆婆走近敲了敲副驾驶的车窗,律子神情慌张。"你缺钱应该来找母亲商量才是。"听到母亲的话,律子的表情一下子转晴。说好到家里去谈,黑岩笑嘻嘻地下了车。

婆婆要拿出一百万吗?我吃惊地跟在三人后面,但婆婆应该不是那么溺爱女儿的母亲。

婆婆将黑岩带到主屋客厅,让我把田所叫过来。公公也在,我正要给大家倒茶时,婆婆却让我回避一下,我只好出去了。是打算只和自家人商量吗?

女儿似乎感觉到了主屋里的气氛不对劲,问我发生了什么。但这事不好告诉小孩子,我只说是来了客人。为了转移女儿的注意力,我聊起了女儿一个月后的生日会。

"不能趁祖母不在家的日子举办吗?"女儿噘着嘴说。

去年的生日会上,女儿邀请了三个同学。其中一位同学家长的名声不太好，婆婆在生日会后严肃地责备了女儿。说田所家的孩子不能和那种人家的孩子来往。女儿并不是乖乖听话的人，但婆婆说下次再把人带回来，就要赶出门去，女儿就没再将人带回家。

"你也要管好她。"婆婆这样对我说，但我没有听从。

"遇到可怜的人，要第一个上前关心。"自女儿记事起，我就这样教她。

现在怎么能前后矛盾呢？女儿的朋友如果本身有问题，我肯定会直接让女儿与对方断绝交往。可有问题的是那个同学的父母。她在一个不健康的家庭环境中长大，还能如此诚实、有礼貌，令我很欣慰。

女儿请来的那些同学里，只有她会在接过点心时说谢谢，会摆好自己的鞋再进门。

如果母亲还活着，一定会夸奖和她交朋友的女儿。她的母亲和年轻男人私奔了，父亲沉迷于赌博，债台高筑。我准备了两块素色的手帕，绣上了和给女儿一样的刺绣，送给了她。母亲如果知道，也会夸奖我的。

同学将在广播体操中得到的铅笔盒当作生日礼物，要送给女儿。我将它还给那孩子，并告诉她："不需要带礼物，

第三章 叹 息

你能来祝贺她就是最好的礼物了。"

如果生日会是在高坡上的房子举办的,母亲也会参加。看到我这么做,肯定会笑弯了眼睛,一脸欣慰。母亲也一定会给那个孩子的盘子里放上一块最大的蛋糕。

搬进田所家以来,我只注意到女儿身上像母亲的部分。这是她唯一一次令我感觉她继承了母亲和我的血脉,我实在没法责备她。

"我买两张生日会当天的电影票,让律子小姑带祖母去看吧。"

"好啊,妈妈,干得漂亮!"女儿高兴地拍手。但一个月后,律子已经离开了家,生日会也没能举办。这是女儿自作自受。

我从田所那里得知了主屋里的谈话内容。

那个叫黑岩的男人嘴上说着很爱律子,可一眼就能看出是冲着钱来的。

他说在筹钱帮父亲还债,可问及他父亲的职业,两次的回答却不一样。发现自己的回答前后矛盾后,他又声泪俱下地哭诉,说自己被父母抛弃,借钱的真正原因是为弟弟治病。可问他生了什么病,又说不上来。就是个骗子。

母性

家人逼他写了保证书,保证不再靠近律子。保证书的主意是田所提议的。婆婆高兴地夸奖:"关键时刻还是哲史靠得住。他脑子聪明,还能说会道。"他这么可靠吗?可惜我没能亲眼看见。

律子看起来无法接受,饭也不怎么吃,一直躲在房间里啜泣。家人担心她偷跑出去,又是田所提议,要有人一直在家看着她。

一般是婆婆留在家中。公公一边劳作一边嘀咕,要是一直这样,收割的时候可就不好办了。我也是这样觉得的。

但律子虽然刚开始时封闭内心,但半个月后就仿佛全然忘记黑岩,又变得开朗起来,也重拾了做手工的兴趣。我们都安下心来。可是……这是律子的计谋。

那是一个非常适合收稻子的周日。田所也要到田里驾驶收割机,家里只剩下律子和女儿。婆婆在下田之前再三叮嘱女儿看好律子。

女儿和婆婆谈好了条件,她要是完成得好,就能邀请喜欢的同学来参加生日会。我感慨女儿很机灵,相信女儿会好好看着律子,连洗手间都不会去的。

可是,大家傍晚回家后,却发现律子不见了。

第三章　叹息

"小律让我去商店街的手工店买棉花。她和我拉钩发誓绝对不会出去的,但现在都没有回来。"女儿哭着说道。

律子的房间里正如女儿所说,摆着还剩一只脚没有塞入棉花的娃娃。娃娃看起来和女儿有几分相似,女儿说那是律子答应送给她的生日礼物。

"平时牙尖嘴利的,关键时候就是个废物。"

祖母怒骂着孙女,又突然瘫软在地上,喊着"律子,律子",抱着律子绣上玫瑰花的抱枕哭了起来。

那玫瑰绣得勉强看得出形,跟母亲的根本没法比,连我的手艺都及不上。每天都在做手工却只绣成这样。

那娃娃虽然只做到一半,但也能看得出手艺粗糙。女儿真的是想要这个娃娃,才出门买棉花的吗?她这么想要这个娃娃,甚至放弃了请那位可怜的朋友来参加生日会的机会吗?从母亲和我这里继承的善解人意么不堪一击吗?

比起律子的离家出走,女儿更令我失望。

在那之后,婆婆一直闷在卧室里。田所看不下去了,带着婆婆去了趟大阪。那是在律子离家出走的两周后。

他们准备去找找律子学生时代住过的公寓附近的那个电影院。但田所似乎并不觉得能在人来人往的城市街道上找

母性

到律子。大概率只是为了让婆婆心里好受些。

他们在周六早晨驾车离开家,在大阪停留了一天,周日晚上回来时,两人一脸疲惫。果然,律子没有回来。但田所淡淡地说:"见到律子了。"

我很吃惊,想或许是看她过得不错,没必要带她回来。

"太好了,律子怎么样?"我笑着问。

"在卖章鱼小丸子,说是让我们当她已经死了。"

田所说着,婆婆突然掩面哭泣起来。在著名旅游景点的公园门口前的小摊上,黑岩在做章鱼小丸子,律子在一旁叫卖。"两位,买个章鱼小丸子吧。"正朝公园旁的停车场走去的田所和婆婆正巧听到了律子的吆喝声,这实在讽刺。

"律子,律子,我可怜的律子……"婆婆不停重复着,躲在房间里一直哭。

女儿的生日会办不成了。女儿似乎也明白了这一点。我给她买了新的文具盒当生日礼物,其他的就没有了。田所和公婆甚至不记得那天是女儿的生日。

可那毕竟是她十岁的生日。虽说她是自作自受,但还是应该悄悄准备个蛋糕的。我怀着这样的愧疚走进了女儿的房间,伸手想要抚摸女儿。然后……

第三章 叹 息

尊敬的神父，我做了什么坏事吗？

可抗拒我的，不只是女儿。

冬天到来，我点起客厅里的炉子。婆婆暖着手，哭哭啼啼地担心律子会不会冻着。我做了美味的火锅，婆婆吃着鸡肉丸子，泪眼蒙眬地担心律子有没有好好吃饭。

"没事的。"我尽可能温柔地安慰她，可是……

"你以为这都是谁的错？"婆婆说得咬牙切齿，她仿佛瞪着仇人般的眼神不仅看向一起吃饭的女儿，还看向了我。自那之后，冬去春来，过了两年也还是老样子。

为什么是我的错呢？

如果替女儿承担罪过是母亲的责任，那我可以认同。她的罪过就是我的罪过——那，母亲的死也是我的罪过吗？

女儿的回忆

不被父母喜爱的孩子，也得不到他人的喜爱。

没有人会向我伸出援手。我花了多少年才意识到这一点。不对，应该早就意识到了。只是，我觉得这是理所当然的，因此并没有感觉多么痛苦。

我吃得饱饭，每晚洗完澡后都能在柔软温暖的被窝里睡觉。父母从来没有拖欠过学校餐费。合唱发表会上，我能穿上大荷叶边领子的罩衫。运动会上，我虽然没有参加什么活动，但也能穿上崭新的运动鞋。

如果说这就是父母的爱，那我肯定是被爱包裹的人。可爱的衣服、母亲加了刺绣的手帕令同班女生很羡慕，这也让我觉得自己很幸运。

我得到了疼爱。可中谷亨对我说，这不是爱，只是为了体面。

和亨交往了几个月后，我们考完试一起去看电影，我在电影院里睡着了。并非电影太无聊，是因为我前一天晚上

第三章　叹息

熬夜了，不小心睡着了。那时，亨想撩开我的头发。因为他看我的刘海遮住了半张脸，担心我呼吸不畅。

他伸出手来，指尖刚轻轻触碰到我的脸颊，我就用左手用力抓住了亨的手，一下子醒了过来。

面前的亨一脸惊讶，我假装没看清他在一片黑暗中的表情，装作是不小心碰到了他的手。我们心照不宣地互相小声道歉，重新转向了荧幕；看完电影，牵着手走出了电影院。

我绝不是出于厌恶。我们交往的契机本就是他替我暖脚，我不可能厌恶他的碰触。可我为什么拨开了他的手呢？

亨说我可能是无意识之下被吓到了。我也觉得一定是这样。我不习惯触碰他人，也不喜欢被他人触碰。

回想起来，结束在梦想的家的生活之后，母亲再也没有碰过我。除了不断挥拳砸向我。

我触摸母亲的次数屈指可数，但自从她说出令我撕心裂肺的话语后，我就再也没有碰过她。那时，她说了什么呢？

"别碰我，你的手又热又湿，真恶心。"所以，我也尽量不去触碰他人。

在跳舞和组合操时，我也会为碰到他人而感到愧疚，十分不安。我的女性朋友虽然关系并不非常要好，但在去厕所或者去教室的时候，也会牵着我的手。她为什么要牵我的手呢？我完全无法理解，又觉得有些羡慕。

能主动牵手、触碰他人的孩子，大概不会想到自己会被父母和老师拒绝吧。就算在无意识的状态下被触摸，也会立刻躲开吧。

如今我在想，母亲绝不是因为恨我。而是有太多需要操心、令她心烦的事，让她心情不好。

没错，肯定是的。虽然在黑暗之中看不清，但现在手上传来的触感告诉我，这一定是母亲的手。即便许多年没有触碰过，但我能分辨出来。

那是一双粗糙的、小小的、温暖的手……

在台风之夜因火灾失去家园的我们，住进了父亲的老家。

房子与高坡上的小西式平房截然不同，它建在广阔的稻田间，是一座古朴而宽敞的两层日式房屋。屋子带有漂亮的庭院，院子里没有种满像梦想的家那样惹人怜爱的花朵，而是整齐地种着松树、梅花、垂樱、山茶花、樱桃、金橘等昭示四季变迁的树木。

搬家那天，我刚从卡车上下来就闻到一阵桂花香。那原本香甜宜人的气味与寒冷的空气交织，令我升起一股寂寞

第三章 叹 息

之情。

父亲和祖父母都称家为"宅子"。

我们的行李被搬到了二楼。那是铺着十二张榻榻米的房间，蓝色榻榻米散发着灯芯草的香气，房间里还有我的新书桌和书包。我一直有些害怕总皱着眉头的祖父母，但我还是有些许期待，一起住的时间久了，关系就会好起来……

但一起生活得越久，我幼小的心里就越是不满。

最根本的原因是祖父母会使唤母亲。母亲以前从没干过农活，祖父母像使唤佣人一样让她到田里劳作了一整天，还要抱怨晚饭菜色太少，不合口味，让母亲重新做，重做的料理他们又只吃一口就不动筷了。这在我这个小孩眼里，是不能容忍的。

他们会从上门推销的商人那里买那些动辄几十万的画轴和花瓶，或是给寺庙捐几百万日元，却根本不给母亲钱，生活费也全靠父亲的工资。我实在无法接受。

熟人来访时说："儿子一家能回来真是太好了。"祖母却皱着眉头说："又不是我叫他们回来的，他们自己活不下去了，想回来分家产呢。"听到这样的回答，我心中涌起了愤怒。

而且，因为她知道后厨房里有妈妈才说的。

最让我不满的是，面对祖父母的所作所为，父亲毫无作为。虽然父亲在梦想的房子里生活时，就不是健谈之人，但搬到宅子后，他就直接像贝壳一样紧紧闭上了嘴。我甚至都忘了父亲的声音是什么样的。

宅子里没有人站在母亲这边。不对，外婆去世后，这个世界上就再没有人站在母亲这边了。

"上了小学后，要努力哦。"我每次觉得母亲受委屈时，耳边总会想起外婆说过的这句话。我要代替外婆站在母亲这边。我要保护母亲。

我这样想着，独自反抗着祖母。祖父也是个爱唠叨的人，虽然经常和祖母闹矛盾，但对妈妈并不很严厉。祖母一定是因为看不惯这点，才对母亲格外刻薄。

刚搬来时，祖母虽然言语刻薄，但也并非蛮不讲理。但自从有一天，祖父给一直穿着姑姑旧衣服的母亲买了一件女式毛衣后，祖母就变本加厉了起来。

那并不是百货商店里卖的高档毛衣。祖父喜欢去附近商业街的服装店买衣服，看见一件贴着半价标签的两千日元的土气女式毛衣，就顺便买了回来。祖母只是无端地嫉妒罢了。

第三章 叹 息

祖母生气的原因通常连小学生都觉得很无聊，所以要反驳她并不难。可祖母一生气就说让我们滚出家门。听到这话，我也只能闭嘴。如果我是一个有生活能力的成年人，就能带母亲搬出去了。

我深深地感觉到了自己的弱小。

宅子的二楼的房间里，父亲、母亲和我三人并排睡着。

有时候我会在夜晚深感无力，我睡着时，母亲哽咽着念叨："为什么，为什么……"伴随着哭声，猛烈的拳头砸在我的背上和侧腹上。我疼得想放声大哭，可是这都是祖母的错，是因为我没能保护好母亲，都是我的错。我只能咬紧牙关装睡。

某次，我在黑暗中强忍着泪水，却与本应已经睡着打呼噜的父亲四目相对。宅子是我父亲生长的房子，祖母是父亲的母亲，他什么都知道，却什么都没有做。

父亲在家的大部分时间都是叼着烟度过的，手里的烟盒空了，他就去楼梯下的储物柜里拿祖母给祖父买的烟。虽说是自己的家，却像小偷一样可悲。

眼前的父亲与在梦想的家时的父亲判若两人。原来，梦想的家被烧毁，我不仅失去了外婆，也失去了父亲。

母性

"果然，母亲就只有我。"我忍着后背和侧腹扩散的阵阵疼痛，给自己贴上膏药时，这句话在脑海中不断重复。

然而，这样的夜晚并没有持续多年。小学四年级时，宅子旁边建起了给我们住的小房子。

这是一栋日式小平房，吃饭和洗澡必须去宅子，但格局和狭小的空间有些像梦想的家。在这里或许能过上开心的生活。这样想着，久违地在家中感到了欢快。

祖父母没有来过，也许因为这样，母亲有了可以放松的地方。虽然工作量没有减少，却又像住在梦想的房子时一样，开始给我的手帕和便当袋等随身物品上绣花了。

我也有了四叠半大的房间，睡觉时再也不会听到母亲的哽咽声，也不会挨母亲的拳头了。

之所以建起小房子，是因为父亲大学毕业的小妹妹律子小姑要搬回来住了。

"我们以后要住在一起了，叫我'小律'就好。"

之前，母亲让我叫她"律子小姑"。律子小姑对我说完，转向母亲询问意见。母亲同意了，于是我之后就叫着她"小律"。小律经常邀请我去她位于二楼的房间里玩耍。

小律刚回家的时候好像去了某处工作，但很快就整天

第三章 叹 息

待在家里了。她喜欢手工艺，经常做些羊毛毡玩偶，也送了我几个。我高兴地拿给母亲看，母亲却责备我："你怎么什么都拿？"她把玩偶都还给了小律，说我用不着这么好的东西。

母亲不喜欢我向别人要东西。

小律是姑姑，住在一起，理应是一家人。她送我东西就像外婆送我小鸟图案的包一样。但妈妈似乎并不这么认为。之前住在宅子里时，母亲也会叮嘱我，除了厨房、吃饭的客厅和浴室，不要到宅子的其他地方去。还训斥我说："跑上二楼和闯进别人家没什么区别。"

但我并不是很喜欢宅子，所以也乐得遵守，我觉得干脆连吃饭也别一块儿就更好了。祖父母的声音都很大，吃饭时经常说些发牢骚的话。每次意见相左时，总会追问我母亲觉得哪边对。

父亲在旁边若无其事地吃着饭，只有我帮母亲解围。这样的状态即便我们搬进了小房子，也没有任何改变。餐桌上新加入的小律也只是笑嘻嘻地吃着饭。

但无论我和祖母怎样争吵，洗完澡离开宅子前，我都会向祖父母低头行礼，向他们道晚安。因为妈妈告诉我，要像对待外婆一样对待祖母。可祖母从不会像其他祖母一样,温柔地对我说晚安。祖父偶尔还会怪我让他听不清电视的声音。

回到住处后,我和父亲沉默着看电视。洗完澡的母亲走了进来。母亲洗澡的时间很短。但涂化妆水、敷面膜、按摩皮肤,要花费比洗澡多三倍的时间。母亲坐在梳妆台前保养时,我都会站在她身后,一边看着镜子里母亲的脸,一边报告学校发生的事,每晚如此。

"妈妈,今天呢……"在梦想的家时,我经常这样和母亲说话,母亲会突然转过身来说要给我涂护手霜,然后一边将粉色的护手霜抹在摸到的手上,一边听我说话。我沉浸在桃子香精的香气中,全神贯注地向母亲讲述着一整天发生的事情。

搬进小房子后,母亲也会在面部保养结束后掏出桃子香味的护手霜。但她不会转过身来,也不会说要给我涂护手霜,让我伸出手来。她不希望我成为一个从别人那里理直气壮要东西的人,意思是不要勉强他人。即便是母亲,也不该强求她吧,我幼小的心里这般想着。

不,也可能只是害怕被拒绝。

第三章 叹息

学校的生活每天都很单调，没什么好说的，但偶尔遇到有趣的事情，我就忍不住说个不停。母亲一开始会说着："哎呀，是吗？"然后隔着镜子对我微笑。母亲的笑容让我很高兴，说得更加起劲。结果母亲就会突然冷下脸："行了，你去旁边玩吧！"然后把我赶到镜子照不到的地方。

每次这个时候，我都会觉得自己搞砸了，心情低落。可唯独我说到真子的事情时，说得再多也不会被母亲赶走。不仅如此，还会得到表扬。

真子是住在附近的同学，三年级时我们成了同班同学，逐渐亲近起来。小真子不爱学习，也不爱运动，也有些迷糊，经常被班里的孩子们欺负哭。

"笨蛋"和"迟钝"虽然是不好的话，但也轮不到我来生气。但听到别人骂她"没有母亲的孩子"，我却怎么都忍不了。小真子的母亲和年轻的管道工人私奔的传闻是镇上人尽皆知的。但用这件事来取笑真子，让我觉得十分卑劣。

"你的父母就很了不起吗？就这么瞧不起别人？"

低年级的孩子竟然敢对我同学说这样的话。听到我的问话，那些得意忘形地取笑真子的男生女生，几乎都沉默了。没有一个孩子反驳自己的父母如何厉害。事情可以这样点到为止,但我总会给对方致命一击。

"大家听着,现在××要夸他的父母了。快跟大家说说你父母有多厉害啊。"我这样说着,吸引周围同学的注意。被我架上台面的同学大概率会哭,用袖子擦着泪汪汪的眼睛,扔下一句"笨蛋"就跑开了。但我并不后悔。因为我知道自己不比那个孩子笨。

"真子,要是有人乱说话,你就告诉我。"听我这么说,真子就吸溜着鼻子嘿嘿地笑。

我把这些事情告诉母亲,母亲回头看着我笑道:"你太了不起了,不愧是妈妈的孩子。如果外婆还活着,她一定会非常高兴的。以后如果再遇见真子那样的可怜孩子,你一定要帮助对方。"

母亲虽然不再给我涂护手霜,但并不意味着母亲对我冷淡了。如果我将母亲教我的东西付诸实践,她就会这样好好表扬我。

我举办九岁的生日会时邀请了真子,为此还和讨厌真子的祖母大吵了一架。当然,我的十岁生日会也要邀请她。

一起生活之后,我发现小律和真子很像。之前一年我只在盂兰盆节和正月见她两次面,没留下什么印象。小律搬

第三章 叹息

回家后,我觉得她一天比一天胖,目光呆滞,看着有些可怜。

最重要的是,她在吃饭时笑着看祖父母争执的表情,和真子一模一样。

为什么她什么都不做却能拿到零花呢?既然不帮着种地,至少也该帮着准备晚饭!就连我每天都要帮忙收衣服和准备洗澡水。

虽然我对小律有些不满,但我并没有像对待祖母那样当面抱怨。我想这是因为小律没有说妈妈坏话,而且在我看来,我不知不觉地将她归为了需要善待的人。

不过,小律整天待在家里做自己喜欢的事情,并不像真子那样需要我的帮助。

但某天,家里召开了关于律子的家庭会议。深夜的时候,祖母带着一个陌生男人和小律回了家。这是一个瘦弱男人,弓着背,踢踏着步子。母亲也跟着他们过去了。我兴致勃勃地想知道发生了什么事,但母亲是不允许我去主屋的。

我在小屋子里向母亲询问情况,但她没有告诉我任何关于小律的事情,而是说起了生日会。父亲不在小屋子,只有我和母亲两个人。我为这种独处而高兴,为了让谈话变得更开心,我聊起了真子。从母亲口中听到应付祖母的方法时的兴奋劲，我至今难以忘怀。

母亲对我说："快去睡觉吧！"我走进了自己的房间。不一会儿，我听到正屋传来父亲的声音。

"太不像话了。"父亲一边说着，一边把电视调到了播放电影的频道，说起了在主屋发生的事情。电视里激烈的枪战声让我只能听见只言片语。

那男人喜欢小律。从大阪过来见她。让他不准再来了。

父母去世，弟弟生病……

父亲的声音里满是对那个男人的轻蔑。关键的时候默不出声，这个时候倒是滔滔不绝的。和祖母的说话方式一模一样，语气和学校里嘲笑真子的那些同学们一样卑劣。想到我就是这样一个人的孩子，让我感到非常不堪。

律子的恋人就这样被赶走了，真可怜啊。

母亲听着这些是怎样的心情呢？我又仔细听着，父亲的声音终于停下后，我听到了母亲的叹息声。

"但律子也真是可怜。"果然，小律很可怜。我和母亲的想法一致，这让我非常高兴。所以我才会帮助小律。

小律可能察觉到我是自己人，很早就求我帮她逃走。

第三章　叹　息

"等会儿给我做一杯可尔必思①。"

妈妈不让我去小律的房间,但如果小律在祖母面前让我做事,我就不能拒绝。

因为有一次,她让我做碗面端到她的房间,我反唇相讥让她自己做。结果祖母当着妈妈的面狠狠地训斥了我一顿,说我对长辈没大没小的。但如果不是小律想喝,即便在中元节收到可尔必思我也喝不到。所以我很高兴地做了两份可尔必思,送到了小律的房间。

小律对着还是小学生的我,滔滔不绝地说自己多么爱黑岩那个男人。然后说她和黑岩有误会,想当面道歉,所以求我帮助她逃出家门。"我本来是想拜托嫂子的,因为嫂子站在我这边。但如果嫂子帮我逃走,一旦被妈妈发现,嫂子的下场可能会很惨。妈妈那样的性子,可能会把嫂子赶出家门。"我不难想象祖母责骂母亲的样子。现在想起来,小律可不是一个愚钝的可怜人。但我没有注意到,因为一想到母亲被赶出家门的样子,我就慌了手脚。

"但是妈妈应该不至于把你这个有血缘关系的孙女赶

---

① 一款日本国民乳酸菌饮料。

母性

出去，何况你还只是个孩子。所以，求求你！"

"祖母恐怕不会让我看着你。"

"你可以让她相信你。你可以提出一些交换条件，答应她一定会做好。"

"好，但小律你要早点回来。"

"两三天我就回来了。"

小律把出逃的日子定在了收割稻子的那天。祖母虽然不太乐意让我看守，但我提出，如果我好好看守，就让我邀请真子参加生日会。祖母再三嘱咐我要看紧小律，最终还是答应了。祖父母和父母离开后，我去了小律的房间，她换上了外出的衣服，用小皮箱收拾好了行李。桌上放着一个没做完的娃娃，和我的发型一样，做得很粗糙。

"你听着，这个娃娃是你的生日礼物，但是棉花不够了，还有一只脚没做好。你现在去商店街的手工店帮我买棉花，我趁机溜出去。要是祖母责备你，你就说之前拒绝了小律被祖母骂了，所以不敢不答应。这样祖母也不会怪罪到你妈妈头上。"说着，小律将三百日元塞到我手里。我一想到真的要这么做，就不停地往外冒汗，但我将汗水和硬币都紧紧握在手里，都没和小律说声再见就走出了宅子。我以为她很快

第三章　叹　息

就会回来，所以我也没有打算跟她道别。

可是，三天过去了，一周过去了，她还是没有回来。

祖母骂我废物，但也没再为难我，只是把自己关在房间里，一个劲儿地叹息、哭泣。两周后，祖母和父亲一起去大阪接小律，可是小律并没有回来。

听说她在大阪卖章鱼小丸子。

祖母虽然哭着说销量很可怜，可我觉得能和喜欢的人在一起应该开心。我也想象着母亲和我一起卖章鱼小丸子的情景。在刺骨的寒风中，我跟母亲说冷，母亲就把一个刚做好的章鱼小丸子插在牙签上递给我，我吃着热气腾腾的小丸子，身心都是温暖的。

这是一个非常非常幸福的场景。

小律一定也很幸福。而且，母亲也不会因此受到责备。我保护了母亲，我的心里很满足。

虽然因为违背了和祖母的约定，生日会被取消了，但我从一开始就做好了这个准备，所以并没有很难过。而且，就算开了生日会，真子也未必会来。

生日的前一天，早上上学时，真子来找我。"从今天开始，我要和别的同学一起玩了。"

我并不难过,只觉得她太狂妄。比起这个,令我更难过的事是以后没法和母亲聊很长时间了,为此我在厕所里哭了一会儿。

我不需要有荷叶边的衬衫,也不需要新鞋,也不需要给我的物品刺绣。我唯一想要的,就是母亲温柔地抚摸我。我想让她抚摸着我的头夸我,"你做得很好"。我想要那样的爱。

所以,妈妈,不要放开这只手……

第三章 叹 息

内心啊,你在向何人叹息,逐渐孤立无援?

你的道路,要拨开无解的人群,挣扎着前进,

但那终究是徒劳。

因为你的道路向着未来的方向,

已然失去的未来。

你是否也曾叹息,那究竟是什么呢?

那欢呼之树上掉落的一颗果实,

但如今,欢呼之树已然折断。

我那缓缓成长的欢呼之树,

在暴风雨中折断。

是我不可见的风景里,

最美的树。

是我不可见的天使们都知晓的,

那一棵树。

第四章

泪流满面的人啊

关于母性

刚吃完酱汁和酱油两种口味的章鱼小丸子,刚觉得有些半饱,小律就问我要点什么菜。店里前不久刚来了一个打工的男孩,负责做章鱼小丸子。我没见过这男孩,只觉得他有些冷漠,站在铁板前一声不吭地翻动着章鱼小丸子。

我让律子看着做点,又给语文教师加了啤酒。

"老师,您的母亲是什么样的人?"

"我的母亲?咱们不是要聊那件事儿吗?"

"是要聊,我就是想问一下。"

其实,我这么问并非与事件无关。

"以前乡下常见的那种强势母亲,真不知道被她打了多少耳光。"语文老师一手抚摸着头顶说。他皱着眉头,眼神却流露出怀念。

"疼吗?"

"当然,如果我只是调皮,就只是用拳头揍我。要是我给别人添麻烦了,她就会把中指的第二关节凸出来,疼得

第四章　泪流满面的人啊

我眼冒金星的。"

"听起来的确很痛。"

"怎么,你,没被父母打过吗?现在的小孩都这样吗?"

"倒也不是……"——我是不知道拳头的形状是什么样的。

"久等了。"小律给我们端来五花肉炒豆芽,这是她的拿手菜。我第一次带人过来,怎么也不做点好菜?

"噢,这是我们家常吃的菜。"语文老师开心地掰开筷子。

"你们家就常吃这个吗?你不是总夸自己太太手艺好吗?"

"那真是不好意思了。"小律隔着柜台说。

"就是啊,没礼貌。你看这么多肉,我们家做的肉只有这个的一半多,量也只有一点点。但我妈却让我多吃肉,还把自己的肉往我盘子里夹。"

"你说的是小时候的事啊?"

"不是你提起来的吗?"

"也是。让你多吃肉,老师您是独生子吗?"

"不,我有一个姐姐和一个妹妹。"

母性

"她们没有抱怨不公平吗?"

"妹妹偶尔会抱怨,但妈妈说男孩子要多吃点,变强壮,一个劲让我多吃。"

"强壮与否且不论,能看得出的确吃了不少。"

"但我妈给姐姐和妹妹买了很多衣服。我妈也是女人,却几乎不买自己的衣服,只给孩子买,这就是父母吧。我女儿要多上一门兴趣班,下个月开始我的零花钱就只有五千日元了。没办法,她说想学钢琴。"

语文老师长叹一口气,大口吃着炒豆芽,神色并没有那么悲壮。这个人也是父母啊。还是问一下事件的情况吧。

"跳楼的孩子有兄弟姐妹吗?"

"不清楚,得问问才知道……对了,你还没回答我的问题呢。"

"什么问题?"

"你为什么对那个事件感兴趣?"

"啊,因为……"

我把剩下的炒豆芽全都夹进小盘子里。语文教师吃掉了大半,我才吃了两口就没了。好歹给我留一点啊,我心里嘀咕着,"我又不是你妈"。还是说,虽然零花钱少了还是

第四章 泪流满面的人啊

打算请客?先聊正事吧。

"因为我对那位母亲的话有些怀疑。确切地说,是对一句话有怀疑。"

母亲的手记

当熟睡中的女儿拨开我的手,让我失去了作为母亲的自信时,我突然想到,如果我还有其他孩子会怎样?被其中一个孩子拒绝,也会如此心痛吗?

在高坡上的家时,田所就想再要一个孩子。他说是为了女儿,觉得她没有兄弟姐妹会很寂寞,但从字里行间都能看出田所是想要个男孩。

"女孩子总有一天会离开家的,如果没有兄弟姐妹,假设以后有了喜欢的男人,正巧条件不符就只能含泪分开。如果父母和家里有了什么事,有兄弟姐妹在,也能踏实些。孩子比父母活得久,他们能在生活中相互扶持。"

我不认为田所说这话时心里想到的是妹妹宪子和律子。

田所的话或许没有错,但以我的经验来看,我并不觉得没有兄弟姐妹有多不好。如果我有兄弟姐妹,无论男女长幼,都会分掉父母的爱。如果有一个兄弟姐妹,我从父母那里得到的爱就少了一半,我无法想象兄弟姐妹能给予我另

第四章　泪流满面的人啊

一半的爱。

非但不会相互扶持,还可能互相争宠。没有兄弟姐妹,让我能集父母的爱于一身。这种独占父母的爱的幸福,田所是不明白的。这么想来,女儿已经足够幸福了。

虽然我决心不对母亲隐瞒任何事,但我还是没告诉她田所想要一个男孩。如果母亲考虑到田所的想法,认为多生孩子会更幸福,父母总是希望有个男孩,这就等于否定了自己的人生。我不能让母亲后悔,觉得做了对不起我的事。

母亲去世,住进田所家后,田所也会偶尔突然提起想再要个孩子。在我看来这是个荒唐的要求。我要干家务活、农活,从早忙到晚,哪有余力再生养一个孩子呢?而且,最高兴看到孩子出生的母亲已经不在了。同样是母亲,婆婆不可能因为怀孕就让我休息。

律子出走后,婆婆说头晕、头疼,不再下地干活,一直窝在卧室里。再加上第二年,公公因肝癌去世了。婆婆完全看不出悲伤,甚至到葬礼的那天还在说公公的坏话。没了吵架的对象,婆婆也越来越没了气势。

好在有几块农田被征作建筑用地,但只有我一个人下地,实在是忙得不可开交。但我并没有避孕。我已经生了一

母性

个孩子，自然不是不孕症。但我在电视上看到过，很多人迟迟怀不上第二胎，我想自己应该也是这种体质。

有时候，上帝甚至不会将孩子赐给十分渴望孩子的人，又怎么会把孩子赐给不想要的人呢？就算田所想要孩子，我应该也不会怀孕，我当时这样想。但越是笃定"不会"，就越可能发生。

尊敬的神父，我一开始并不在乎"没有身孕"这件事，可一旦从"有"变为"无"，我怎么就像是被推落深渊一般呢？如果我从未得到过母亲的爱，那么面对母亲的离世，是否也不会有心如刀割般的痛楚？如果我有一个兄弟姐妹，是否我的悲伤也会减半？如果没有孩子，我就什么都不会失去吗？

我发现自己怀上第二个孩子，是在台风发生的六年后，在我三十七岁的那年秋天。早晨，电饭煲冒出的热气令我反胃。我心想，不会是怀孕了吧。那天是母亲忌日，或许正是母亲去世的时刻。

去医院检查确定后，我在晚饭时向大家宣布了这件事。婆婆紧皱着眉头说道："你们这么大岁数了，还在干那种事吗？要是还想要一个孩子，在山上的房子里过家家时就应该生。"

第四章　泪流满面的人啊

"是啊，别再让妈妈受苦了。"在一旁附和的是宪子。宪子七年前结婚，离开了田所家。

宪子的婆家森崎家是邻镇的一个名流家庭，公公是律师，两个小叔分别是医生和银行职员。只有宪子的丈夫虽是长子，却只开了一家叫不知道在经营些什么的"美好微笑计划"公司。结婚三年后，宪子生了一个男孩，在森崎家过得很舒心。但大约从半年前开始，宪子几乎每天都要回娘家来。

宪子一大早带着四岁的儿子英纪过来，和婆婆一起懒洋洋地看电视，吃完午饭和晚饭就走了。这里是宪子的娘家，什么时候回来，想做什么都是她的自由。但在我看来，光是伙食费的问题，宪子的造访就不是令人高兴的事。

宪子自己的说辞是，律子离家出走，父亲又去世了，母亲变得闷闷不乐，她担心母亲才经常回家。但除此之外，还有其他原因。因为英纪。

"又是律师又是医生的，森崎家的人总是一副趾高气扬的样子。宪子可是给他们家生了个传宗接代的儿子。你客气什么，你就该掌管那个家。"

英纪刚出生的时候，婆婆就对宪子说过这样的话。实际上，森崎家的父母确实也非常高兴，宪子就把英纪交给公

母性

婆照顾,自己则到处看电影、看戏剧、购物。虽然有空闲时间,但农忙的时候从不回娘家帮忙。

我只能在盂兰盆节和正月的时候见到宪子一家。看着已经能跑来跑去的英纪把架子上的东西全都扫落在地,只觉得养男孩真不容易。

"小英真精神,男孩子果然就要这样。"婆婆看着英纪双手抓着喜欢的香肠天妇罗,高兴地笑了起来。

"英纪做事向来大胆,祖父祖母都说他以后会有出息的。"宪子一脸自豪地说,腮帮子塞得鼓鼓的,食欲一点不比英纪差。

但随着英纪逐渐长大,他的行为愈加粗暴,由于语言发育迟缓,无法表达心情的英纪只会发出猴子般高亢的怪叫声,森崎家人看他的目光逐渐怪异了起来。

"婆婆居然说英纪智力发育迟缓,让我送到医院去检查。还说她们家也没有得这种病的,问我们家是不是有。"

隔着厨房的门,我听到宪子对着婆婆哭诉。

"真是的,太没礼貌了!不就是孩子调皮了些吗?跟那些人住在一起,英纪太可怜了。妈妈会帮你照顾他的,你带回来就行。"

第四章　泪流满面的人啊

婆婆声如洪钟，仿佛平日的郁郁寡欢都是装出来的一般。她是能化悲愤为力量的人，但这种力量只有三分钟热度。第二天，宪子带着英纪来了。不到半天，婆婆就说自己头晕、血压升高，躲进了卧室。

连宪子也说头疼、血压升高，把英纪带到偏房里来找我。那天难得下雨，我在休息。

"嫂子，求求你，我快疯了。"

如果对方双手合十低下头，我就无法拒绝。对方求我，我就想帮助对方。我照顾起了英纪，他并没有想象中那么粗暴，也没有发出奇怪的声音。

英纪拿着一本绘本，坐在我的膝盖上，一双眼睛亮晶晶地抬头看着我："舅妈，给我读这个。"我的膝盖和腰部都因为农活而僵硬无比，即使只是用指尖轻轻一按，都会让我疼得叫出声来，但膝盖上的重量却比疼痛更让我感到安心。

准备晚饭时，英纪还坐在厨房的椅子上，心情颇好地唱着歌。看到英纪这个样子，宪子非常惊讶，但还是感慨地对我说："嫂子你太厉害了，好久没见英纪这么听话了。果然，孩子们能看出来，嫂子是个天使般温柔的人。"

"你说得对，阿英虽然嘴笨，但你能明白他的心情，他肯定也很高兴。"婆婆也跟着附和说。没想到田所家的人会说出这样的夸奖。

婆婆并不是全然否定我的。她通过英纪注意到了我的本质,认可了我从母亲那里继承的特质。

难不成,婆婆一直不了解我,是因为女儿吗?如果女儿不跟婆婆顶嘴,随时随地都展现温柔的笑容,婆婆对我的看法或许也会不一样。

婆婆不会误会我吧,以为律子离家出走是我唆使女儿帮了忙。

"不嫌弃的话,随时都可以来找我。"我拍着胸脯这么说。我非常后悔说了这话。

毫不客气的宪子每天都会带着英纪来找我。倒是没带他去田里,但我结束农活回到家时,早就等在那里的英纪就跑了过来。我换好衣服准备晚饭前的片刻休息时间都没有了。

英纪在要求得到满足时就会心情很好,但是如果我们让他"等一下"之类的,他就会很生气。宪子不会帮我准备晚饭。女儿虽然会帮忙,但女儿在场英纪就会不高兴,有时还会把装菜的盘子打翻,我只能让女儿出去。

在律子那件事之后,女儿再没和婆婆顶嘴,对宪子和

第四章　泪流满面的人啊

英纪的事也从没抱怨过,敏感的英纪大概知道女儿不是一个让人省心的孩子吧。

我比照顾女儿更用心地照顾着英纪。但宪子还是反对我生孩子。

"你说什?——"

"你在说什么?这是给我们家生继承人,还是你想让英纪继承?你要是想让田所家在我这一代就绝后,那也可以。"田所打断了妹妹宪子的话。这是田所第一次,也是唯一一次为我反驳母亲和妹妹。他为我怀孕而感到高兴。

"哥哥你太过分了,妈你看他。"宪子向婆婆求助,但婆婆沉默了一会儿。

"英纪是森崎家的孩子,不能继承田所家财产,他甚至都不算是田所家的孩子。现在正是农忙,我也得下田。唉,真辛苦啊!"

婆婆虽然语气严厉,但令我满心欢喜。早知如此,应该早些期待能怀上二胎。我并不担忧如果是个女孩该怎么办。

如果是男孩,田所会很高兴,作为生下田所家继承人的儿媳妇,婆婆也会更加接纳我。但我有预感,就算是女孩,也是能给我幸福的孩子。这次能生个与我亲近的女儿吗?就

母性

像母亲一样……

今天和那个可怕的日子是同一天，或许并不是巧合。我曾听说，亲密的亲子即使投胎重生也能变为亲近的关系。母亲会不会投胎成我的女儿呢？

所以我确信肚子里的孩子一定是个女孩，连名字都悄悄取好了。可以从母亲的名字中取一个字，用"樱"这个字也不错。那是母亲灵魂栖息的树木，留住了想要了断的我。

虽然给即将在夏天出生的孩子取"樱"这个字可能会遭到反对，但樱花并不只是春天的花。它能吸引他人，给人带来幸福，是受人喜爱的花。

我将手放在肚子上，轻轻喊她"小樱"。失去母亲后的空洞内心里，有了一丝温暖。小樱再次填满了我内心的空缺。

尽管我在怀孕初期，状态还不稳定，我也不能像在高坡上的家里时那样整天躺着。但在收割完八成稻子时，婆婆来到田里帮忙，让我总算能熬了过去。

在这期间，宪子一直没回过田所家。等收完了稻子，婆婆又待在家中后，宪子又带着英纪来了。她经常把英纪交给我，然后和婆婆一起出门。婆婆兴高采烈地把宪子给她买的皮包和衣服拿给我看，却完全没意识到，那是用宪子的丈

第四章　泪流满面的人啊

夫赚的钱买的。

在今后如何培养英纪的问题上,宪子和森崎家的人,特别是和公婆的分歧越来越大。晚饭时,宪子总是喋喋不休地说着森崎家的坏话,婆婆也同仇敌忾地附和着,全然不顾英纪就在一旁。

"森崎家的人总想把英纪不听话的问题归咎于我们家。说什么:'听说你哥哥是名牌大学毕业的,工作却不如意;听说是在第一家公司出了点事情,是不是呀?'"

宪子的抱怨我可以当耳旁风,但田所的工作问题,我在结婚前就一直很在意。结婚后,我曾委婉地问过他,但他只说是为了正义而战,获得了自由。我也猜想可能是参加学生运动,也就没有深究。

"真是些没教养的人。你知道有多少人对田所心怀感激吗?佐佐木家的女儿都说不敢把脚对着我们家睡觉呢。要不我去森崎家解释一下吧。"

婆婆似乎知道更多细节。

"还是算了吧。他们不仅说哥哥,还说律子。妈妈你听了得气死。"

"律子?说她什么了?"

"说她跟一个混混私奔了,一般人做不出这种事,是不是脑子不太好……"

还没等宪子说完,婆婆就将双手狠狠地拍在了饭桌上。茶碗被震翻,英纪跟着尖叫起来,将盘子扫落在地。

"哈,这种像猴子一样的尖叫声,不就和他祖母一模一样吗?"

"就是啊,没错没错。"

我很纳闷,她们竟没发现英纪和她们现在的样子如出一辙。但我如果说出来,无异于火上浇油。

英纪一闹起来,连我都无法安抚,只能暂时放任不管。有一次,女儿抓住了英纪的双臂,想要挣脱的英纪扭着身子哭喊。宪子生气地斥责女儿:"不许对我儿子动粗。"

田所吃完自己盘子里的食物后,立刻起身回屋了。女儿也将吃剩的饭菜收进了厨房,想让他们赶紧离开。为了让英纪安静下来,我带着他出门散步。

为了小樱,我也想早点休息,可当英纪紧紧握住我的手时,我又觉得自己应该照顾他。他虽然有父母,但得不到疼爱,多么可怜的一个孩子啊。

"舅妈,你喜欢我吗?"散步时,英纪总会这样问我。

第四章　泪流满面的人啊

"喜欢呀。"

"那我排第几?"英纪问完后,大气也不敢喘地看着我,等我回答。

"当然是排第一啦。"

听到我的回答,英纪松了一口气,高兴地笑了。英纪在我心里不可能排第一。但并不总是要说真心话。比起自己的想法,更应该考虑对方想听到什么。

我只是实践了母亲对我的教导。我这样做,肚子里的小樱也一定会成长为一个充满爱心的孩子。

前一周左右,我有些轻微出血。去医院检查后,医生叮嘱我必须静养。那就应该让我住院才对,可医生说可以在家躺着休息,当天就让我回家了。

我将情况告诉了婆婆,她虽然嫌弃我太娇气,但还是让我在偏房静养,直到不再出血。幸好第二天是星期六,家务活由女儿替我做了。虽然有些担心,但这是我住进田所家以来,第一次休息了一整天。

洗的衣服晾好了吗?虽说不是第一次做饭,但不会出问题吧?会不会惹婆婆生气?——我躺在被窝里担忧时,田所给我端来了午饭。

151

是炒饭和炒豆芽，这是我平时不会做的菜色。不知道他是不是打算和我一起吃，托盘里放着两份饭菜。炒饭可能是先盛在茶碗里，再扣在盘子上的，呈现出漂亮的半球状。

"那孩子什么时候学会了炒豆芽？"

"这是我做的。"田所有些不好意思地说，展开被褥旁的折叠桌，将盘子摆上。

"田所食堂又复活了。"

因为失落感和平时的忙碌，我都忘记了在高坡的家里时，田所偶尔会给我做午饭。

"那孩子呢？"

"在给祖母他们做饭……"

看来女儿做得不错。以往农忙时，女儿也会在周末帮忙做午饭。妹妹出生后，她应该也能帮忙照顾，这让我再次感觉女儿很可靠。

炒饭粒粒分明，并不油腻，豆芽味道清淡，爽脆有嚼劲，正适合我疲惫的状态，我一口接一口地吃着。父亲和姐姐的爱，经由我全都传达给了小樱。

从医院回来后，出血也止住了。大家都在照顾小樱。这个孩子出生后，家里会变得更温暖，我也能过得更舒心吧。

第四章　泪流满面的人啊

我当时一直这样坚信。

过了一会儿,女儿端着盛有热牛奶的杯子回到偏房。自顾自地说:"要多补充营养。"

没想到她这么贴心。

"谢谢,妈妈真的很高兴。有这么可靠的姐姐,宝宝也很幸福。"虽然我夸奖了女儿,她却一脸严肃地沉默着。是有什么不满吗?我无意间往下看,看见女儿的手红彤彤的,或许是因为洗碗的缘故,指尖有了倒刺,干巴巴的指甲上沾着白色粉末。

"你能把梳妆台抽屉里的护手霜拿来吗?粉色盖子那瓶。"

听到我的话,女儿板着脸站了起来,拿来一瓶护手霜。我打开盖子,桃子的香味就弥漫开来。是母亲常用的护手霜,我也很喜欢这个香味。

"把手伸出来。"

"什么?"女儿惊讶地睁大眼睛,像幽灵一样慢慢地伸出双手。我有些犹豫,不知该不该牵起那双手。如果我刚一触碰就被她拨开,那该怎么办?

我惴惴不安地牵起女儿的手,她肩膀一抖,但没有抽

母性

回手，我这才松了口气。我用指尖挖出足量的粉色膏体，小心地涂在女儿干燥的手上。

"对不起，你每晚都帮我洗碗，我都没注意到，你应该告诉我的。你和朋友牵手的时候，他们会担心你的。你摸到宝宝的时候，她也会吓一跳的。我给你零花钱，你去买自己用的吧。买软管装的就能带到学校去了。"我一边抹护手霜一边说。

女儿默默点头，然后就一直低头盯着自己的脚下。

"哇，我真高兴。谢谢妈妈！买什么样的护手霜好呢？"——如果是我，应该会高兴地对母亲这样说。

女儿把一千日元纸币拿在恢复了弹性和光泽的手上，只说了一句"我走了"，就出去了。女儿虽然不讨人喜欢，但我一直觉得她是个话挺多的孩子，什么时候变得这般阴郁了？我一直在努力成为母亲想要的孩子，女儿怎么就不像我呢？

虽然心里生出些不满，但小樱出生后，那个孩子也会有所改变吧。小樱一定会像樱花一样，成为让身边的人都高兴的孩子。可是，小樱的生命在几个小时后，就消逝了。

宪子带着哭喊的英纪找来偏房时，我正在独自吃晚饭。

第四章　泪流满面的人啊

我刚开门,宪子就抓着英纪的胳膊挤了进来。

"嫂子,帮我个忙。你能不能带着孩子出去散散步,绕着宅子转一圈就行。"

"不行。医生说妈妈必须静养。你怎么就听不懂呢?"女儿从他们身后跳了进来。

"说话这么难听做什么。英纪还不是中午跟你出门后才闹腾起来的?"宪子对女儿说。英纪趁机脱了鞋就要进门。

"不许进去,你这个傻子!"女儿在身后打了英纪的头。我有些怀疑我的眼睛。英纪"哇"的一声哭出来,穿着一只鞋扑进我怀里,哭得更大声了。

"喂,你干什么?!"宪子满脸通红地冲女儿怒吼,但女儿恶狠狠地瞪着宪子。

"闭嘴,你这个白痴家长。这种时候还往我家跑,你是不是有病?吃饱了就睡,跟猪一样。今天的猪食已经喂完了,快带着这个傻子滚回去!"

我又怀疑起我的耳朵。我知道女儿是在关心我的身体。但女儿说出的话也太难听了,令我十分心寒。

为什么,她什么时候变成了这样的孩子?向年幼的孩子动手,向长辈大骂脏话。我必须在她说出更可怕的话之前做些什么。

"好吧,我也不出血了,正想换换心情呢。小英,跟舅妈出去散散步吧。"我说着,在睡衣外面套了件长外套,拉着英纪的手出了门。

我打算在附近走五分钟左右就回去。英纪走了一会儿就不哭了,我心想,原来他稍微吹吹晚风心情就变好了。让我不忍直视的行为,令我想捂住耳朵的话语。美丽的星空仿佛能抹去女儿的这些言行。我给英纪唱了一首"小星星",唱完后,英纪停下了脚步。

"舅妈,你喜欢我吗?"这是他常问的问题。

"喜欢啊。"

"我排第几?"

"当然是第一。"

我以为英纪会很满意我的回答,但他却沉下脸来。

"你骗人。你最喜欢小宝宝。姐姐都告诉我了。"

我宣布怀孕时英纪也在,我并没有告诉他怀孕是怎样一回事。我本以为是宪子告诉他的,但听他的话,似乎是从女儿那里知道了宝宝的事。

我该如何回答?"我最喜欢英纪了,比宝宝更喜欢。"

或许应该这样回答他。但英纪知道了宝宝的存在，会不会看穿我的谎言。他一直信任我，我却没说实话，这会不会伤了他的心？所以，我决定说实话。

"是啊，舅妈肚子里有个小宝宝，虽然她还小，但舅妈在努力将她生下来。所以现在对舅妈来说，小宝宝是最重要的。但是小英也很重要。孩子出生后，你要对她好一点哦。"

"不要！"英纪喊着，用力将我推开，沿着黑漆漆的道路跑走了。

我没能追上去，因为我跌坐在地的一瞬间，感觉小腹一阵剧痛，温热湿黏的液体从两腿间流了出来。不知道那是小樱，还是包裹着小樱花的东西。

一觉醒来，我已经躺在了医院的床上。我肚子里已经没有小樱了，所以不管那是什么都无所谓了。田所和女儿站在枕边，只是默默流泪。最难受的明明是我，他们却比我先哭了。

也许是因为这样，我一滴眼泪也流不出来。失去了小樱，春天再也没有来到我身边。

为什么失去了小樱？是因为英纪吗？英纪把我推开的事，我本不打算说。但正好路过，帮我叫了救护车的那位好

母性

心人看到了那一幕。在我昏迷时,将原委告知了田所家的人。

要是伤害了英纪怎么办?要是宪子内疚了怎么办?……但那些人根本不值得我这样担心。

"跟舅妈说对不起。"

"不要!"

宪子和英纪只在病床边有过这么一次愚蠢的对话。

在我出院后,这对母子再也没有来过田所家。不是因为对我有负罪感,是因为英纪被烫伤了。

我拖着虚弱的身子回到家里,婆婆不仅没有一句关心,反而怒气冲冲地责备我,说:"是你女儿用天妇罗油烫伤了英纪。她觉得你流产是英纪害的,所以找英纪报仇呢,真是个可怕的孩子。"

我终究没为女儿说话,说她不是会做这种事的孩子。

所幸,英纪只是手背上烫出了一个水泡,但不知是烫的还是痛的,英纪似乎被吓惨了,说再也不去外婆家了。

第二天早晨,宪子想照旧将英纪带上车,但英纪哭闹个不停,还引来了旁人的注意,宪子只好作罢。

两个月后,宪子的丈夫去了大阪,宪子和英纪也跟着去了。听说她丈夫要把公司关掉,和大阪的朋友开一家新公

第四章　泪流满面的人啊

司,但我完全不知道是什么样的公司。

"反正很快就会倒闭,然后搬回来的。"田所漫不经心地说。婆婆听后,说了句"我可怜的宪子",又窝在卧室里不出来了。哪里可怜了?宪子本就只是和公婆关系不好,和丈夫之间并没有什么问题,能离开公婆生活,应该求之不得吧。

大阪这样的大城市,应该有合适的幼儿园,能照顾像英纪那样的孩子。

暴风雨过去了,我回到了原本的生活,但却有一种原本生活中所没有的失落感笼罩着我。——我珍爱的小樱。

女儿如果晚一点向英纪吐露宝宝的事情就好了。如果她能等我胎象稳定期再说……说到底,她根本没必要说出来。因为他们母子不是田所家的人。

即便如此,尊敬的神父——我从来没有怨恨过我的女儿。因为失去了小樱,我的孩子就真的只有一个了。

我怎么可能不珍惜延续母亲血脉的那个孩子。

母性

女儿的回忆

　　记忆中出现的温暖的手，无论是外婆的、母亲的还是亨的，都伴随着一种骨节分明的触感。但其中夹杂着一只肉嘟嘟的、柔软的手。那只手总是散发着黄油的香气，让我感到很幸福。比母亲在梦想的家里给我烤的曲奇更加香甜浓郁的黄油香气。这是亨小两岁的妹妹春奈的手。

　　手工曲奇一类的东西，通常是女生送给男生的。但是在某次午休，亨递给了我一个有可爱猫咪图案的纸袋，袋子里飘出黄油香气。打开一看，里面是满满当当的樱花形状曲奇。难不成是亨做的？我还没来得及开口，亨就抢先一步说是他妹妹做的。

　　我不知道他为什么要给我这个。自己特地给哥哥做的曲奇却被送给其他女人，不知妹妹会作何感想？但我这个独生女实在想象不出来。我突然看到纸袋的折痕上，用铅笔写着"哥哥，以后也请多关照啦"。我更不知她是以怎样的心情写下这行字的。我只是觉得他们兄妹感情很好。

第四章 泪流满面的人啊

"她最近好像迷上了做曲奇,每天晚上都要做很多,这是她给我的。"我听完,拿起一块放入口中,甜甜的,有颗粒感,还有些黏牙,令人怀念的味道。我吃过类似味道的曲奇,上面还淋着咖喱。

"不太好吃吧,扔了也没关系。"

"不用,我很喜欢这个味道,替我谢谢你妹妹。"

亨似乎把我的话原封不动地告诉了他妹妹。自那以后,他妹妹每隔三天就会给我送一次曲奇,还邀请我去家里吃刚做好的曲奇。

亨似乎并不介意我第一次去他家是受了自己妹妹的邀请,我也十分期待。

因为我有预感,亨的家可能和高坡上的家很像。但我乘公交车去到的地方不是高坡,而是靠近海岸的平地,而且一点也不整洁。但我还是觉得很怀念。

乘车时就有这种感觉,到站下了车,跟着来接我的亨走着,心情更加高涨。我眺望着亨的家,环顾四周,意识到了一件事。——外婆的家不就在附近吗?

还住在梦想的家时,我和母亲穿着亲子装,坐公交车去外婆家。我和母亲并排坐着,商量着要和外婆说些什么,透过车窗就能看到大海。下了车,母亲问我要不要给外婆买蛋糕,我开心地拍手。

"从公交车站往你家的反方向走,拐过第一个拐角,是不是有家蛋糕店?"

听我这么问,亨惊讶地问我怎么知道。我心想,果然如此。当我告诉他外婆家就在附近时,亨问我想不想去看看。但我还没有做好心理准备,决定下次再去。

来到亨的家里,春奈穿着圆点花纹的围裙正在等我们。说起来,我从没系过围裙。亨的父母听说去亲戚家了,虽然我还在场,但亨还是在春奈面前嘟囔:"你怎么不也跟着去呢?"

"我要是不在,你想做什么?"春奈大声反问。春奈和她的名字一样,是个宛如樱花曲奇般,全身洋溢着粉色氛围感的女孩。看着就是个在爱的包围中长大的女孩。

"这边这边",春奈用柔软的手牵着我走进了厨房,我全然没有被女同学牵住时那般厌恶。就像是很久以前也曾被这样牵起,让我鼻头有些发酸。

春奈原本很有干劲地说自己做,但听到亨说"那我们进房间了,做好了叫我们",就转而提议大家一起做了。

第四章 泪流满面的人啊

这是我第一次在烹饪教室之外的地方做甜点,但并不觉得难。将面粉、黄油、鸡蛋和砂糖混合、揉匀、摊平。

"我想做更可爱的造型,但家里只有这个了。"春奈拿出了两种花型的模具。这是做炖菜时常用的模具。

"这个可以吗?"春奈可能是喜欢樱花,将另一个模具递给了我。

"我喜欢桃花。"

"啊,这不是梅花吗?"

我们一边这样聊着天,一边把面团压成花形。被冷落的亨拿出竹签,利落地描成小鸟的形状,甚至还画上了眼睛和羽毛。

春奈直夸可爱,让他再做一只猫。看着嘴上抱怨,但描画着猫咪形状的亨,我心中感叹,有兄妹真好。

如果我也有兄弟姐妹,还会像现在这样渴望母爱吗?还会期待着母亲也能关注自己吗?还会发誓一定要保护母亲吗?

如果母亲除了我之外还有其他孩子,就能接受她给予我的爱只有这么一点吗?而我缺乏的爱会由兄弟姐妹弥补,能过得很快乐吗?

母性

"姐姐，教我做作业。""姐姐，我们一起玩吧。""姐姐，给我做饭。"……要是有这样求我的孩子就好了。如果她能平安出生……

小学六年级的秋天，正好是那场台风六年后，在宅子里吃晚饭时，母亲告诉大家，她怀孕了。

尽管一个班上只有两三个同学是独生子女，大多数孩子都有兄弟姐妹，但我从来没有想过自己也会有。有时父亲问我想不想要弟弟，我也觉得不是要让母亲生，而是从某处抱养，就只是随意地说"不用"。

梦想的家烧毁后，我便更不愿听到这样的提问。我一定是害怕了。如果我有了兄弟姐妹，母亲不就不需要我了吗？

自从父亲的另一个妹妹宪子姑姑每天带着儿子英纪来家里做客后，我觉得比我小的孩子只会令人头疼。

英纪四岁，已经可以上幼儿园了，宪子姑姑却像送英纪去幼儿园一样，早上八点就开车到家里来。那年四月，英纪去了幼儿园，可在座位上坐不了五分钟，就因为一点小事发脾气，弄坏了东西，还弄伤其他孩子，所以只去了一个月就不去了。

宪子姑姑说祖母因为小律离家出走和祖父去世深受打

第四章 泪流满面的人啊

击,作为女儿不能放任不管,于是理直气壮地每天往我们家跑。但很快就能看出她醉翁之意不在酒。

宪子姑姑的婆家是邻镇的一个名流人家,宪子姑姑因为英纪的事遭到了婆家的责备,这导致她生气上火,头痛不断,于是回娘家来静养。这是祖母毫不羞耻地大声说出来的,肯定没错。

"宪子真的受了很多委屈。森崎家那些家伙根本没有把宪子当人看。"

祖母虽然说得可怜,但宪子姑姑胖乎乎的,没有一点倒刺的手指上涂着两层鲜红的指甲油,我实在不敢相信她受到了那般非人的待遇。

"只在盂兰盆节和正月来问候母亲的叔叔是个温柔善良的人。"宪子补充说。

"你才把母亲当作奴隶一样使唤",我差点脱口而出。可是自从律子一事发生后,我意识到,我越是反抗,母亲会遭受的报复只会愈加严重。我只能咬牙咽下了这句话。

从那时起,我渐渐明白了父亲沉默的理由,但我并不认为沉默是对的。

周末全家人一起下地时,母亲会给我准备午饭的便当,

母性

如果爸爸和我不去田里,我们就会一起做拉面吃。但自从祖母窝在家里后,我就只能留在家里准备午饭了。

"做你会做的就行,拜托了。"因为这是母亲的请求,刚开始我还挺紧张的。我做了蛋包饭和炒饭,祖母和父亲虽然不会说好吃,但也会默默吃完。可自从宪子姑姑来了之后,祖母对饭菜就挑剔了起来。

"宪子呢,在森崎家吃不到想吃的。她喜欢油炸食品,你下次记得做。"

我心想,森崎家的人是不是担心英纪太胖,才不让宪子姑姑做这种菜的。英纪胖嘟嘟的,如果不知道他的年纪,看上去就像个小学三年级的学生,体重可能比我更沉。

我推辞说:"那姑姑做自己喜欢的就好了。"

"说的什么傻话!嫁出去的姑娘就不是家里人了,是客人。你还要让她进厨房?况且她还病了。你怎么能厚着脸皮说出这种话来,真是个可怕的孩子!"

"真是个可怕的孩子。"自从小律出走后,祖母就经常这样说我。可怕的是小律。因为她装作单纯,欺骗了我。

但我还是做了天妇罗和炸鸡块。宪子姑姑理所当然地吃着,还趾高气扬地命令我给英纪做一道香肠天妇罗。

第四章 泪流满面的人啊

宪子姑姑吃完饭后就在客厅里悠闲地看电视,等吃完母亲做的晚饭后就回家了。"英纪在这儿我休息不好,你带他去逛超市吧。"宪子姑姑给了我三百日元,我只好带着英纪出了门。英纪想要三百日元以上的零食。我说不行,他就躺在地上蹬着腿哭闹。但只要拍拍他的脑袋,背过身去任他胡闹,他就会不情不愿地听话。

英纪从没有被责备过。看到英纪回来后还很躁动,宪子姑姑数落我。

"他可是你弟弟,你怎么就不能对他温柔一点呢?"

不可能。我没有义务对他温柔。我真的很讨厌他,根本不想看到他。

英纪很喜欢母亲,黏着母亲撒娇,母亲每天晚上都会带他出去散步。他牵着母亲的手,坐在母亲的膝盖上,被母亲抚摸着头。他觉得这些都是理所应当的。他坚信自己被母亲宠爱着。

这样一个连猴子都不如的动物,就因为是个孩子,就能得到与他毫无血缘的母亲的宠爱。如果是一个与母亲有血缘关系的孩子……

所以,当听到母亲说出"宝宝"这个词时,我的心被狠狠地揪了一下。可当祖母和宪子姑姑挖苦母亲时,我心中又涌起了不忿。为什么不替母亲高兴呢?于是,我意识到了。

这对母亲来说是件高兴的事,那我就应该为她感到高兴。我必须保护母亲和宝宝。

但开口反驳的是父亲。看到宪子姑姑一脸憋屈的样子,我在心里一个劲地叫好。我第一次觉得父亲如此可靠。当时的父亲确实是在保护家人。他抽烟的次数减少了。被问到,他只淡淡地说是因为祖母不买烟了,但他应该是为了宝宝。

因为母亲怀孕而让我对其有了新认知的不仅仅是父亲。祖母又开始干农活了。大概是父亲说的"继承人"一词起了作用。如果我是个男生,在这个家里的处境或许会好些。但身为女性却不尊重女性,我只能说她是有缺陷的。被那样的人娇惯反倒不好。况且,这个家从表面上看,并非十分男女不平等。

但母亲能轻松一些,我还是很高兴。

"姐姐,你可要帮忙呀。"母亲是这么跟我说的。"姐姐",那或许是母亲最需要我,最接纳我的时候。

我不仅要准备周末的午饭,还要帮忙做晚饭,收拾碗筷,打扫浴室,洗衣服。最令我不满的就是,宪子姑姑依旧带着

第四章 泪流满面的人啊

英纪到家里来。母亲因为孕吐十分难受,她却还让母亲带英纪去散步,晚饭还要吃油炸食品。看着就让我怒火中烧。

但我没有抱怨,默默忍耐着。这是为了母亲,为了宝宝。

那天也是……

虽然我觉得怀孕期间都要静养,但母亲说,进入稳定期后就可以正常生活了。与其一直躺着,倒不如做些轻松的家务和工作,散散步,做做体操,这样对母亲和宝宝都会有好处。

在距离稳定期还有一周左右的时候,医生告诫母亲一定要静养。幸亏那天是周末,我决定承担起所有的家务。

"姐姐是我最好的依靠。"母亲躺在偏房的卧室里,对我这么说。

"最好的依靠。"为了不让母亲失望,我就去了宅子。但宪子姑姑又把英纪带来了。她缩在客厅的被炉里,正和祖母一起看电视。

英纪好几次说要去找舅妈。"不行,舅妈生病了,会传染给你的。"宪子漫不经心地说道,塞给英纪许多零食好让他听话。

我要做午饭,正准备炒饭,父亲就走进了厨房。

母性

"你一个人很辛苦吧?"说着,开始打开冰箱物色起食材。他把豆芽和猪肉拿出来,把猪肉切成了小块。

他将食材放入平底锅中,淋上芝麻油快速翻炒,再撒上胡椒盐和辣酱油,就做好了。全程估计不到五分钟。

"要尝尝吗?"

我用炒菜用的筷子将豆芽和猪肉夹到跟前,一口吃下。

"好吃!"

我想起父亲很擅长做菜,还想起了"田所食堂"。那是在梦想的家中一起吃饭的欢乐时光。

"要是发现是我做的,祖母会骂你的,我端去那边吃。"

父亲小声说着,盛好两盘菜,和一盘炒饭一起放在托盘上,悄悄地端了出去。父亲说这话时的语气,和悄悄让我喝功能饮料时很像。我曾经很喜欢父亲这一点,可现在……

看着餐桌上摆着的炒饭和炒豆芽,宪子姑姑不满地开口。

"就这些?主菜呢?"

"炒豆芽。"

"什么?你逗我呢,妈!"

被叫来的祖母看到炒豆芽,气得额头青筋暴起。

第四章　泪流满面的人啊

"什么意思啊？我们这么照顾她，她就给我们吃这些。不骂她就蹬鼻子上脸了。"祖母以为这是母亲让我做的。

"等等，这是我自己要做的。对不起，我偷懒了，我马上再做一道菜。"

我回到厨房，做了炸鸡块。端上桌时，宪子姑姑和祖母已经把刚才贬得一文不值的炒豆芽吃得干干净净。我的那份炒豆芽已经凉透了，用微波炉重新加热后没了水分，也没有父亲给我试吃时的味道和口感了。

收拾完散乱的餐具后，我担心母亲的营养不够，就热了牛奶端回偏房。我把杯子放在母亲被褥旁边的桌子上，坐在一旁。

"谢谢，妈妈真的很高兴。有这么可靠的姐姐，宝宝也很幸福。"

母亲温柔的话语让我很高兴，眼泪夺眶而出。祖母和宪子姑姑说什么我都不在乎。但如果我现在掉眼泪，母亲会担心我在主屋被欺负了，所以我咬紧牙关，忍住不让眼泪掉下来。

"妈妈要好好休息，生个健康的宝宝哦。"——我真的很想这么说，可我担心话没说完就要哭出来。结果一个字都没能说出。看着沉默的我,母亲让我给她把护手霜拿过来。我本以为她是要自己涂,结果却听到她说"把手伸出来",我简直不敢相信自己的耳朵。

怎么回事?为了不让自己像在乞讨,我手背朝上将手伸了出去。母亲挑出满满的护手霜,裹着我的手,温柔地给我涂抹。

"对不起,你每晚都帮我洗碗,我都没注意到,你应该告诉我的。你和朋友牵手的时候,他们会担心你的。你摸到宝宝的时候,她也会吓一跳的。"

母亲一边这样说着,一边仔细地给我长了倒刺的指尖逐一涂上护手霜。在桃子的香气中,我拼命不让涌出的眼泪流下。我之所以哭,八成是因为一直渴望的事突然实现的高兴,两成是因为母亲的手不是我记忆中光滑柔嫩的样子,而是像树干一样粗糙,因此感到悲伤。如果时间能停留在这一刻就好了。但今后,这样的时光或许会渐渐地多起来。

这种期待不到半天就破碎了。母亲给了我零花钱去买自己用的护手霜。

买桃子香味的吧,不,那是母亲给我涂的,我还是买其他的吧。葡萄?橘子?等等,老师不是说带香味的唇膏和

第四章　泪流满面的人啊

护手霜不能带去学校吗?

我一边想着,一边走出偏房,正巧碰上了英纪。

"姐姐,你要去哪里?"

"超市,啊不是……"

我懊恼自己应该说药店才对,但为时已晚。英纪也要跟着去,我不想让他在偏房外面闹,只好带着他去。但英纪比平时老实。听说最喜欢的舅妈病了,英纪也很担心。

我买了一管水珠图案的无香护手霜,用剩下的零钱给英纪买了零食,向家中走去。我甩开英纪抓着我的手,他就转而抓着我的夹克下摆,轻快地跟在我后面。

"舅妈,哪里疼?头?肚子?发烧了吗?什么时候能好?明天?"看着一脸不安的英纪,我知道这孩子是真的关心母亲,我有点后悔对他的冷漠。

"舅妈没病,是肚子里有宝宝了。你知道吧,为了宝宝能健康出生,她一直在好好休息。"

"宝宝,宝宝……舅妈喜欢宝宝吗?"

"当然喜欢。"

"排第几?"

"当然是第一。"

母 性

"第一",说出这话时虽然有点落寞,但我觉得有弟弟妹妹的孩子都会有这种心情。英纪似乎在努力理解这句话,眉毛皱成一团,眼睛不停眨动,嘴巴一张一张的,看起来很滑稽。

"所以,不能总是缠着舅妈。知道了吗?"

英纪表情奇怪,默默点了点头。这孩子虽然理解得比较慢,但慢慢跟他说,应该还是能听明白的。我这么想着,牵着他回家了。可是……他完全没听明白。

睡了一会儿午觉后,英纪突然哭了起来。他像是身上着了火一样,撕扯哄他的宪子姑姑的头发,抓她的脸,还踢到了祖母的侧腹上,甚至还撕破了壁龛上的挂轴,简直一发不可收拾。

"你对英纪做了什么?"宪子姑姑冲进厨房,责备正在准备晚饭的我,可我完全记不得有做过什么。他和我在一起的时候,比平时更老实。

我坚决否定,这时英纪也不闹腾了。

可刚松了一口气,过了十几二十分钟,刚才还乖乖地看电视的英纪突然尖叫大闹,吃饭的时候也是打翻酒杯,往餐桌上摆的小菜上吐口水,像是野猴子在胡闹。

第四章 泪流满面的人啊

"舅妈,舅妈,舅妈!"

或许这就是平常的英纪吧。一直以来,我并没有觉得他的问题严重到不能去幼儿园。但现在我才知道,是因为这个家里有一个他非常喜欢的舅妈,所以才难得地乖巧了。我也能理解宪子姑姑每天都带英纪来这里的原因了,但是今天绝对不能让他胡闹。

只要打一下再骂一顿就能解决问题了,但宪子姑姑和祖母都仿佛做噩梦般把目光移开,置之不理。

英纪想去母亲那里。

"都说了今天不行。"我看宪子姑姑在安抚他,才放心地收拾碗筷去了,可却听到了玄关推拉门打开的声音。

"喂,小英,别乱跑。"宪子姑姑喊道,却完全没有要阻止英纪的意思。

我放下手里的活儿,急忙追上两人。果然,两人进了偏房。宪子姑姑让母亲带英纪去散步。她知道母亲不会拒绝才开口的,太过分了。

我怎么能让她这么做!

"不许进去,你这个傻子!"英纪正想脱鞋入内,我从后面狠狠地拍了拍他的头。但英纪并没有像在超市那样老

母性

实，穿着鞋跑进屋子里，抱着母亲哭泣。虽然宪子姑姑责备我，但我并没有做错什么。

我居然和这样愚蠢的大人有血缘关系，真是太惨了。但正因为这层关系我才要说。我转向宪子姑姑吼道："闭嘴，你这个白痴家长。这种时候还往我家跑，你是不是有病？吃饱了就睡，跟猪一样。今天的猪食已经喂完了，快带着这个傻子滚回去！"

但是宪子姑姑，应该说田所家的人从不觉得自己有错。她气得满脸通红，张口想骂回来。但母亲先一步开了口，说可以带英纪出去散步。

看着她一脸伤心欲绝的样子，我想母亲或许不是在生宪子姑姑和英纪的气，而是在责怪我。我打了英纪，还说了母亲讨厌的脏话。所以，我也没敢说要一起散步。

母亲带着英纪离开后，没过多久，英纪独自大哭着回来了。我正想追问母亲去哪儿了，邻居就打来电话。邻居说母亲摔倒流血了，给她叫了救护车。

我冲出了家门。一边拼命往前跑一边责备自己。为什么没有阻止宪子姑姑和英纪？为什么让母亲和英纪出去散步？为什么没有一起去，哪怕躲在后面跟着也好？

第四章 泪流满面的人啊

我明明发誓会保护母亲和宝宝。为什么、为什么、为什么、为什么？……

但现在回想起来，我也不知道当时该怎么办。用温和的话语留住英纪？用礼貌的语言说服宪子姑姑？还是在宅子里好好盯着英纪？

还是说，我应该在主屋里大发雷霆吗？还是该用绳子把英纪绑起来？

那天，应该一开始就把两人赶出家门吗？

母亲流产的第二天，宪子姑姑还是带着英纪来了。父亲只是对宪子姑姑吐出一句："你还有脸过来？"但父亲脸色阴沉，她也该有所反省了吧。

可我在厨房里准备午饭的天妇罗时，客厅里传来了宪子姑姑的声音。

"哥哥那什么态度啊，搞得好像是英纪害嫂子流产一样。她第一次出血就注定保不住孩子了。"

我感觉全身血液倒流。"你去死吧！"我怒吼着冲进客厅，如果我举着的不是筷子而是菜刀的话，我可能会杀了宪子姑姑。但身后传来了像被菜刀刺伤了似的叫声。

溜进厨房的英纪把手伸进了炸天妇罗的油里。英纪似乎是想用手去抓油锅里的天妇罗。灶上虽然熄了火，但油温仍然很高。

英纪大声叫疼，我把他的手浸在冰水里，在他耳边用宪子姑姑她们听不见的声音说道："死去的宝宝和舅妈应该更疼吧。"

那天之后，宪子姑姑和英纪就再也不来了。几个月后，他们一家三口搬去了大阪。折磨母亲的人已经不在了，可是……

母亲再也没有给我涂过护手霜。没办法，因为我没能保护好唯一的兄弟姐妹。

但如果母亲能原谅我的罪过，我希望她能把桃子香味的护手霜再次涂在这只手上。

不，这次我要为这位坚强隐忍的母亲涂上护手霜。

第四章　泪流满面的人啊

啊，沉甸甸地垂在痛苦的风景上，

满是泪水的人啊，默默忍耐的天空啊，

她在哭泣的时候，贴心的骤雨，

奔跑着斜掠而过心中的沙层。

啊，满是泪水的人啊，

承载所有泪水的天平啊，

放晴时从不觉得自己是天空，

为了栖身的云朵却必须成为天空的人啊。

在单调残酷的天空下，

你的苦难风土，多么清晰明了，近在眼前，

宛如在垂直的世界中水平地思考，

宛如躺着，却慢慢苏醒的脸庞。

第五章

泪瓶

关于母性

我给语文老师看了写有母亲话语的新闻报道复印件，但他还是一脸疑惑。

"所以你到底觉得哪一句不对？"

"'倾注所有的爱'，到底是什么意思呢？"

"你这话说的，你没被父母用心养大吗？"

语文老师并不觉得这句话有什么问题。

"那她说用心就好了。"

"她说的也不是多拗口的词啊。"

我该如何表达这种如鲠在喉的感觉呢？小律端上来的土豆炖肉并不是很费事的菜，为什么女人会用它来表现自己很贤惠呢？"倾注所有的爱"这句话和妈妈的味道是否属于同一范畴呢？

"例如，如果有人每天都做土豆炖肉、味噌青花鱼之类的菜，你问她平时会给孩子吃什么。她会回答，'就是些普通的家常菜'。但如果是经常给孩子吃速食食品，甚至三

第五章　泪瓶

餐都无法保障的父母，在被问到同样的问题时，就会回答'妈妈的味道'，或者是'为孩子准备了营养均衡的饭菜'。"

"你想说的，正因为内疚，才会用夸张的话来掩饰吗？"

"是的。"

看来他听明白了。

"那你一开始就这么说不就行了吗？"

"我以为用食物比喻你比较好理解。"

"的确，爱是个很难解释的词。如果能像苹果和橘子那样，用颜色、形状和大小来表示，那就轻松了。最近的水果包装上连糖度之类的甜度数值都标出来了。"

"红彤彤的颜色，饱满的形状，两手都抱不住的大小，甜度是最高的一百。能直观看到的确很方便。"

"不，也不行。那我就能看见妻子的心逐年枯萎褪色。她要是也能看见我的，肯定会抱怨的。爱还是看不见为好。正因为看不见，才有了这样的社会。这样想来，的确不会特意说'倾注所有的爱'这种话，听着有些刻意。我能理解这位母亲是为了洗脱杀害女儿的嫌疑才这么说的……你难道是在怀疑这位母亲吗？"

他说着废话，又突然触碰到了核心。说聪明话的人不一定有智慧,言辞笨拙的人也不一定愚蠢。我已经不是小学生了,很明白这一点。但我还是以貌取人了。我在心里说了声抱歉。

"我没想那么多,只是很在意这对母女的关系。"

"那如果调查了这对母女的关系,发现女儿从公寓的房间坠落的原因,无论是意外、他杀还是自杀,都与母亲有关。你该怎么办呢?你只是出于好奇进行调查,知道结果就满足了。不管当事人怎么样,都与自己无关吗?……你不是这样的人。你要告诉警察吗?"

"不,我没想过告诉警察。知道两人的关系就足够了。但是如果有机会,我想和当事人见面聊聊。"我一边说着,一边想着自己到底想聊些什么。关于爱吗?

不,是关于寻找爱。

母亲的手记

对尊敬的神父使用"神"这样的字眼多少让我有些抵触，我觉得是不是把"社会、家人"这样的词太神圣化了。家人是由强大的羁绊联系在一起的，在关键时候可以互相扶持的存在，我该以哪个家人为例呢？

田所家有谁对遭受了巨大不幸的我说出了温暖的话语吗？有谁向我伸出援手吗？

失去了小樱，我的心再次变得空荡荡的。拯救我的是一位名叫中峰敏子的女性。她与我没有血缘关系，没有名为家人的束缚，是个完完全全的陌生人。我们甚至不是朋友，只是邻居罢了。当我被英纪推倒时，是她帮我叫了救护车。按理说应该由我上门道谢，但敏子却特地来田所家的偏房探望我，还带来了大颗的葡萄。

我和敏子在此之前，在妇女会的活动上见过，在我的印象中她是个平和、温柔的人。但单独见面还是第一次。这样一个关系不近的人拉着我的手，将我的手裹在她的手里，哭着对我说:"你很难受吧?"她为我流下了眼泪。

她说,自己也失去过孩子。

她说,自己也曾责怪自己没能保护好孩子。

她用那如沐春风般的沉稳声音,对我说了许多温柔的话语。敏子手掌的温暖和话语的温柔,渐渐渗透我的内心,填满了我空荡荡的胸膛。我第一次能为了小樱放声哭泣。而敏子静静抚摸着我颤抖的脊背。

如果我有姐姐,她也会这样安慰我吗?

她对我倾注了不同于父母和朋友的爱。那晚敏子路过是偶然吗?我想,是小樱用生命作为交换,将我和敏子联系在了一起。

这之后,敏子会偶尔送来萩饼等自己做的糕点。

偏房里没有客人用的坐垫,我拿出了自己缝制的坐垫。有次,敏子发现上面的刺绣是手工绣的,于是邀请我去每周一次在家中开办的手工艺教室。她说早就想邀请我,但考虑到婆婆便没有开口。

"田所家的宅子里要是放着毛线手套做成的玩偶和空瓶子做的人偶,怕会被老夫人责骂。"敏子瞄着主屋,低声说道。我都忘了外人是这样看待田所家的人的。

第五章　泪瓶

就算只有我一个人下地，收入也会全部交给婆婆，我从未得到过报酬。她说我是家人而不是仆人，自然没有报酬。对此，我也无法反驳。田所的工资在不断下降，过着与奢侈相去甚远的生活。许多邻居和田所一样在制铁工厂工作，但他们不给寺庙捐款，亲戚婚丧嫁娶时也不会包大红包，不会为了虚荣而攀比，应该过着富余的生活吧。

敏子虽是个好说话的人，我也不能将家里的财政情况和盘托出。说没钱，是世上最丢人的行为。

敏子对婆婆的担忧如果是在数年前或许是对的。虽说只是每周一次，只有周二晚八点到十点的两个小时，但婆婆绝不会为了我的爱好而欣然答应。谁来收拾碗筷？谁来烧水洗澡？她会问这些家务谁来做，她自己自然是不做的。

但现在，女儿可以帮忙。再加上宪子离家后，婆婆再次变得郁郁寡欢。当我告诉她有两个小时的妇女会聚会时，她只是兴致缺缺地回答："哦，是吗？"

我很喜欢手工艺课！住在同一个小区的五六名主妇聚集在敏子家的客厅里，一边做饭一边制作手工艺品。每次材料费都是三百日元，敏子负责统一采购。

我第一次参加的那天做了一个铅笔筒。把牛奶盒拆开，做成高度不同的三棱柱,贴上彩纸装饰,从上面看就像是个六边形。

"你的颜色搭配得很好啊""用深色镶边很漂亮啊",大家气氛轻松地和第一次见面的朋友们交流着。

我听了敏子简单的说明就很快做好了,大家都夸我手真巧,说我做得高低有致,颜色也很和谐。

不管是用手帕做纸巾盒套,用竹条编篮子,还是用厚纸板做带抽屉的小置物盒,我的作品都得到了夸奖。

我有多久没被夸奖了?单身的时候,不仅是父母,身边的人都会夸奖我。但只有田所家的人从没夸奖过我。

但在上手工艺课时,我发现在婆家遭受冷遇并不是什么稀奇事。大家一起剪着彩纸,飞针走线,编着竹篮。一开始是在谈论作品,但回过神来,不知是谁开始抱怨家里的事情,大家都纷纷附和。

孩子不学习,老公喝酒爆粗口,被小姑子挖苦。更有甚者,在庆祝婆婆古稀时,发现嫂子预订的宴席上没有安排自己的座位。

"你什么都能干,反而小姑子和嫂子们觉得没劲,就幼稚地折腾你。"

第五章　泪瓶

听到敏子这么说，我也一边回忆自己的经历一边深深地点了点头，对那位太太的作品给予了夸奖。

在与大家的交谈中，我了解到，聚集在一起的太太们都离开了父母，嫁到了镇上相对有名的家族中。

此外，有的还失去父母和兄弟姐妹，甚至是孩子。相似的一群人聚集在一起互相鼓励，一起加油。我打心底感谢敏子让我遇到了这样一群人。

又只剩我一个人下地干活了。虽然很辛苦，但是婆婆不再插嘴，倒也乐得自在。女儿上中学了，越来越不需要我帮忙了。

田所工作的制铁工厂听说随时会倒闭，一些邻居也换了工作，进城去了。但田所一口咬定没必要换工作，照旧去上班，所以我一点也不担心。

我照样每周去一次手工艺教室。现在回想起来，这或许是住进田所家以来最让我舒心的一段时间了。要说令人担心的，就是婆婆渐渐开始胡言乱语了。

"律子马上就要回来了，要准备好她爱吃的东西。"

一开始听到婆婆这么说，我还以为是律子真的跟她联系了，就听婆婆的话出门采购。可等到第二天，过了一周，律子还是没有回来。田所怀疑律子是不是真的跟她联系了。她一开始十分坚持，生起气来，说难道怀疑她在说谎吗？可过了几天，她又嘟囔着，说可能是自己弄错了，又哭了起来。

"可能她是想回来的，但是被那个男人阻止了。哲史，你这就去大阪把她带回来。"听婆婆这么说，田所就无可奈何地躲回了偏房，我只能拼命地安抚着婆婆。

但手工艺教室的朋友们安慰我，说自家婆婆多多少少也会这样，只要还能自己上厕所，就不必太担心。

每次在手工艺教室里，敏子都会为我们端上茶和点心。三百日元的材料费中应该不包括茶点费。为了感谢敏子，我在商店街的蛋糕店买了泡芙。在不上课的日子送去了敏子家中。

敏子说着"太客气了"，不好意思地收下了。并说："你母亲肯定是个很有礼数的人。"

尊敬的神父，还有比这更让我高兴的话吗？我当时忍不住湿了眼角。真正了解我的不是家人，而是她，是敏子。我打心底这么认为。我很珍惜和敏子一起的时光，从不缺席手工艺教室，每月都会送去点心。

事情发生在上手工艺课一年左右。

第五章 泪 瓶

我在敏子家中看到一个面生的人。经人介绍后,知道那是敏子的姐姐彰子。那天的作品是用缩缅绸布制作的荷包,三十分钟就做好了。于是,敏子提议一起做些有趣的事。彰子懂得姓名占卜,可以给大家算一算。

每天忙碌的生活令我甚至没有时间幻想会有好事发生,报纸角落里刊登的占星信息我也毫不关心。但大家都直呼有趣,让我也仿佛变回了学生时期,不由得兴奋起来。

我们在敏子准备的纸上分别写上了自己、丈夫和孩子的名字。

"我事先声明,平时在这里闲聊的内容我并未告诉姐姐。"

虽然敏子这么说,但我并不指望她能说出些什么,大家也笑着说"明白"。

"我也不是凭名字就能知道家里的情况的。虽说是姓名占卜,但也不是书本上常见的笔画占卜,只是看着名字,说出我对这个人的感觉。"彰子笑道。

名叫花子就是像花一样的人,幸子就是看起来很幸福的人。虽然是个简单的比喻,但在我的想象中,它甚至算不上一种占卜。

母性

敏子问大家,是想一起听各自的结果,还是在其他房间里单独告知。大家好像和我一样,都不太相信。有人说,挺有趣的,不如就一起听听吧。倒也没有人反对。

彰子表示同意。她拿起随意叠放的纸张的最上面一张,也没问是谁写的,便把手放在纸上,闭上眼睛,然后说出了对名字的判断。

"不会说谎的人,蕴藏着像夏日阳光般炽热能量的人,拥有像柳树一样柔美的心。"

"啊,说对了!"接受占卜的人喊出声来。虽然对她的家人不太了解,但本人看起来深以为然。大家兴致便更高了,想知道彰子会如何说自己和家人。

彰子的评价很模糊,也没说些不好的话,所以大家都听得很安心,乐在其中。"像紫罗兰花一样的人""像晚霞的天空一样的人",等等。这些夫人在婚后与这般诗意的语言再也无缘,此时应该听得心情激动吧。终于轮到我了。春日阳光般明媚的人,我期待她说出这样的评价。

"纯洁与热情并存,红玫瑰般的人。"

这是一个意想不到的答案。但有人喃喃着"真羡慕啊",也有人说"的确有这种感觉",我感到非常幸福。

第五章　泪瓶

"深湖般的人。"这是对田所的评价。见过田所的人点了点头："的确是的。"

"像燃烧的火焰一样的人。"这是对女儿的评价。认识我女儿的人有些皱眉。

"好像不太对。"说出这句话的是敏子。敏子自从在医院见到女儿以来,每次见面都会和她打招呼。

"她是个认真又老实的孩子,就像杉菜一样。"不惹眼,这样看来,敏子的比喻或许是对的。

"是吗？我只是把手放在名字上,说出脑海中浮现出的形象,并不能完全准确,被你们发现了。还请大家多担待。"

彰子开玩笑地说了一句,就开始了下一个人的占卜。其他人再次发出笑闹声,而我却无法随声附和。只有我一人感到惊讶吗？难道大家没有注意到,彰子占卜说得虽然模糊,却触及了核心吗？

回到家里躺进被窝里,彰子的占卜结果仍在我脑中萦绕。红玫瑰是将我和田所联系在一起的花朵,也是象征着高坡上的家的花朵。它代表着我吗？但我并没有过多思考彰子对我的印象。

"深湖般的人。"这是第二个如此形容田所的人。在犹豫是否与田所结婚时，母亲的这番形容让我下定了决心。或许彰子与母亲有着同样的感受。

敏子是一个温暖、包容的人，但她因农活而晒得黝黑的脸和粗糙的手，都透露着坚强，让人感觉她也很辛苦，不忍心过于依赖她。她的声音虽然低沉好听，但闲聊时带着地方口音，让人感受不到任何魅力。

但是彰子拥有和敏子十分相似的温和容貌，而且皮肤白皙，身材圆润。放在写有名字的纸上的手也像释迦牟尼的手一般大而细腻，给人以温柔包裹一切的感觉。

她的声音也很像敏子，音色优美，而且没有口音。说话的内容也非家长里短，像是不食人间烟火一般。令人觉得或许真有些不可思议的能力。

当她把女儿比作火焰时，我就知道彰子的能力是真的。虽然敏子不同意，但彰子把手放在女儿的名字上时，脑中浮现的火焰或许不是女儿的性格，而是与那件悲惨的事情有关。虽然女儿对婆婆总直言不讳，令人能联想到火焰，但这种日常生活中微不足道的事情并不能体现在名字上。

红玫瑰，深邃的湖泊，燃烧的火焰。当我在脑海中反复咀嚼这些描述时，我得出了一个可怕的结论。这一切都是

第五章　泪　瓶

注定的。

与田所结婚，住在高坡上的房子里，生下女儿，失去母亲。台风和火灾不是无法预测的灾难，而是注定会发生的事情。不仅如此，还有搬进田所家，律子和宪子离开这个家，婆婆因此不肯接纳我，甚至失去小樱，如果能早一点遇见彰子，让她在婚前帮我占卜，她会怎么说呢？我的命运会就此改变吗？

但和田所结婚是母亲建议的，我不认为做错了。我想到了女儿的名字。如果命运是由名字决定的，那如果取了别的名字，不就能有不同的人生了吗？母亲不也就能活下来了吗？

女儿的名字是婆婆找人起的。但现在说这些都为时已晚。我已经失去了母亲和小樱，没有比她们更珍贵的东西了。婆婆也越来越依赖我了。她会让我带她去医院，帮她去拿药。这些事在旁人看来或许很麻烦，但令我很高兴。

"我其实不想找你的。"婆婆虽然说得勉强，但我能看出她心里是需要我的。婆婆终于要接纳我了。虽然婆婆永远无法替代母亲，但作为另一个母亲，我今后的使命就是竭尽全力让她高兴。

母性

　　母亲一定能看到我做的这些，并为我感到高兴。我相信，等与母亲团聚，她一定会抚摸着我的头，夸我"你真棒"。

　　但即便未能与母亲团聚，我仍能看见母亲。事情发生在姓名占卜一个月后。

　　敏子打电话邀请我去看电影。她给报社举办的电影鉴赏会寄去了抽奖明信片，结果中了三张电影票，问我想不想一起去看。电影什么的，我只在结婚前和田所去看过。我担心婆婆的身体，但出门一天应该也无大碍，于是答应了敏子。

　　她让我别告诉手工艺教室的其他人，我这才知道敏子首先邀请了我。这让我非常高兴。但电影票有三张，应该还有一个人要去，莫非是敏子的丈夫？我小心翼翼地问她，她只笑着说不是，说要是和丈夫一起去看中世纪法国宫廷为背景的爱情故事，未免扫兴。

　　另一个人是彰子。

　　我告诉婆婆自己要参加妇女会的参观一日游。妇女会也的确经常举办诸如水培等新型农业设施，以及妇女团体创办的农产品加工公司等的参观活动，每次都会包下一辆大巴一同前往，所以经常让我去凑人数。

　　我告诉婆婆这次实在不好拒绝，她只说随我。虽然表

第五章　泪瓶

情冷漠，但并未反对。

我没有穿外出时的优雅连衣裙，而是穿了为了女儿初中入学仪式买的西装裙子套装，配上一条丝巾，精心打扮后出了门。

我和敏子乘着公共汽车，到了邻镇的电影院，彰子正在电影院大厅里等着。"啊，好漂亮的西服，不愧是美人，只系一条丝巾就这般动人。"

彰子开口就夸我，让我想起了和母亲外出的时候。

虽然有人说女人要看内在，但若穿得寒酸，那连内在也会变得贫瘠起来。不能只在出门时化妆打扮，平日早起就要化妆。打扮并不是说要穿华丽的礼服。就算是平常的衣服，也要搭配好颜色和款式，再加上饰品点缀，时刻思考自己看起来得不得体，这是女人应该做的。哎呀，今天也和绽开的花儿一般美丽呢。

名为"某某报社夫人感谢会"的电影鉴赏从上午十点开始，中午十二点多结束。难得出门，于是我们决定吃了午饭再回去，就去了电影院附近的酒店餐厅。这也是我在婚后第一次来这种地方吃饭。

田所会提议去看一场电影，但我并不想为了一场电影惹得婆婆不快。电影也好旅行也罢，只要能留下和父母的快乐回忆就好。

但与敏子、彰子一起度过的时光，却是如梦一般。我惊讶于自己竟还能拥有这般幸福。

"希望这对家境差距颇大的情侣能有个好结果，正因为没能在一起才令人难以忘怀，一开始更喜欢那个丈夫。"我们兴奋地聊着电影情节，品尝着家里吃不到的奶油意大利面。我甚至希望时钟的指针能停在这一刻。

饭后的咖啡被端上来后，我们聊起了占卜。"你把占卜结果告诉丈夫和女儿了吗？"敏子问道。我坦言没有告诉任何人，因为说得太准，令我有些害怕。

我这么说，心里在想到底为什么不说呢？除了婆婆，田所和女儿虽然与我算不上心意相通，但关系也不至于冷淡到毫无交流。只是，自从流产后，田所就完全不提再要一个孩子的事了。不仅如此，他也不再碰我了。

女儿对我越来越疏离了。无论是我与她说话，还是她向我开口时，都不与我有眼神接触，语气也很僵硬。去手工艺教室的时候，我会让女儿帮忙收拾晚饭时的碗筷或是照顾婆婆。回到家就会立刻将作品拿给女儿看。

第五章 泪瓶

"啊,好可爱啊。"

"大家都夸颜色好看。这是个笔筒,你就放在书桌上用吧。"

"可,可以吗?谢,谢谢。"

女儿是高兴,还是其实不想要。她的回答让我完全猜不透她的想法,让我在手工艺教室时的愉悦一下子消散了。如果是我,我会用更灿烂的笑容,更爽朗的声音,传达我的喜悦。在手工艺教室里的一些太太也说以后要和女儿一起做课上学会的东西。

"哇,太棒了!这是怎么做的?"——女儿如果这样说,我就会让她下次跟我一起做。从小我就给了女儿许多母亲和我做的东西,一般来说,到了这个年纪她也应该会想自己试试,但女儿却完全没有继承这份血脉,令我十分焦躁。

如果两个人一起做手工艺品,就能很自然地将敏子和手工艺教室成员的事情讲给她听了。

——"今天敏子的姐姐来了,让她做了姓名占卜。"

——"也占卜了我的名字吗?"

——"当然啦。"

——"她说什么了?等等,不知怎么的,我开始心跳

母性

加速了。"

当我脑海中浮现出一段想象中的对话时,女儿的话语成了我说的,而我的话则成了母亲说的。

"能再帮我占卜一个人的名字吗?"

"可以啊。"

彰子爽快地答应了。敏子从包里拿出笔记本和笔给我,我写下了名字。彰子把手放在纸上,说道。

"这是你母亲的名字吗?……我能看见樱花。"我确信彰子的能力是真的。

彰子继续说道:"她很担心你。令堂是去世了吗?"我点了点头。没想到她不仅能感知到人的形象,还能知道是否还活着,甚至是现在的所思所想。

"她一直在身边守护着你……你想听听母亲的声音吗?"

我不知道她是什么意思,只是看着敏子。

"之前只是小打小闹,姐姐的灵力其实更强。你如果不相信的话可能会有些冒犯到你,你可以不听的。"

"不,我想听听。"

听我这么说,敏子就对把手放在纸上的彰子说了声"拜

第五章　泪瓶

托姐姐了"。

"你真的很棒！用这么瘦弱的身体，独自承担了所有的痛苦，真了不起。你是妈妈最骄傲的女儿。但也不要勉强自己，要好好保重身体……"

彰子将手放下，长长呼了口气，喝了口水。

"对不起，一次只能接收到这么多信息了。"

已经足够了。没想到还能听到母亲的话语。虽然我在心里相信母亲会一直守护着我，但有时我也会害怕，担心母亲已经看不到我的身影，也听不到我的声音，去了很远的地方。但她还是在我身边。一直用我听不见的声音鼓励着我。

我正想拿纸巾擦眼泪，却被彰子握住了手，用那只刚放在母亲名字上的手握住了我。

"不用擦，让眼泪流出来吧，在这里没人会因为哭泣而责备你。"

她手掌的温暖与话语一同传来，与母亲一模一样。

下一周，在不上课的日子里，我被电话叫到了敏子家中。当时是白天，我可以借口下地离开家中。彰子也在那里。

"其实，之前我就想告诉你……"

敏子有些犹豫地开口，说出了叫我来的理由。彰子在

母性

进行姓名占卜时,对我女儿的情况有些疑问。

"这话可能有些冒犯,但我还是得先跟你确认一下。你和女儿关系好吗?"

我不知道该怎么回答。怎样算得上好呢?要论心意相通与否,那的确算不上,但女儿并没有什么恶劣行为。我在电视和报纸上经常能看到孩子对父母施暴等惊人新闻。这样看来,倒也算不上关系不好。

但彰子既然这么问,说明她心里已有猜测。

"是在我女儿的名字中看到了什么吗?"我只好很不礼貌地反问。

"具体的情况我不了解。但我看到你有过几次不幸遭遇,这和你女儿有很大的关系。你有过类似经历吗?"

别说有过,我遭遇的不幸全都是因为女儿。但我还是犹豫,不知应不应该和盘托出。我得到了比他人更多的爱,不想让他人觉得我是个不幸的女人。应该是这种自尊心让我难以开口。但彰子看透了我的想法。

"你是一个非常善良的人,所以就算有所察觉,也不会将自己的不幸归咎于他人。更何况那是自己的孩子,你更会袒护她。你的母性比一般人要强得多,是个天使般的人。

第五章 泪瓶

但我不是在否定你女儿，但也不能对她身上蕴含的东西置之不理。"

"什么意思？是有恶灵之类的东西吗？"

我相信灵魂和轮回转世，但我对鬼魂有所保留。不管那鬼魂是好是坏，留在人间的死者鬼魂应该是不可见的。更不可以直接控制人的行为和思想。

我身边有母亲的灵魂，但我从未见过。如果母亲的灵魂可以操纵一个活人，我就不会遭遇如此多的不幸。至少不应该失去小樱。

"许多人误以为那是鬼魂或魔鬼，其实不然。我们称它为'磁场'，简单来说就是'气'。高兴、悲伤、快乐、痛苦。人可以简单地用语言来表达感情，但悲伤究竟是什么呢？高兴也好，快乐也罢，都是些无色无形之物，要怎样感知呢？是一种若有似无、虚无缥缈的东西。因此每个人都会形成自己独有的气。但你女儿的气很不好，你离她最近，因此也影响了你。特别是像你这样心思细腻的人，受到影响也会将原因归咎在自己身上。"

彰子的话语一下子说到了我的心里。让我感觉一直以来的事情都有了解释。就连母亲的去世也说得通了。在高坡上的房子里生活，比我更加感性的母亲替我承受了女儿的负面影响，是她保护了我。

"你能改善这种不好的'气'吗？"

"可以，但很难一下子改变。敏子，把那个拿来吧。"

在彰子的示意下，敏子从隔壁房间拿来一个白色小纸袋，彰子从中拿出了一个纸包。那像是用纸包着的药粉。

"这是我的师父配的，有点像中药！"

彰子称呼对方为师父。

"我并不是天生就有这一能力，只是直觉比较强。我二十岁结婚，五年后因为意外同时失去了丈夫和孩子，在我心灰意冷的时候，一个人向我伸出了援手，那就是师父。我跟随师父学习后，渐渐也就能看到些东西了，但是远远及不上师父的。如果师父在，他能让你听到更多你母亲的声音。如果你愿意，也可以通过师父与你母亲交谈。"

"我能见见你的师父吗？"

"这就看你了。许多人出于好奇，想要见师父。有一段时间，很多人因此蜂拥而至，媒体也来进行采访，甚至有人骂他是在诈骗。这真的令师父很痛心，直言再也不会将'气'的事情告诉他人，看到对方有灾祸也不会开口告知。

第五章　泪瓶

经过我们这些弟子的劝慰,师父才终于愿意继续帮人。所以,只要你心中尚有猜疑,就不能让你见他。"

"那我该怎么做?"

"很简单,只要你感受到师父的能力,自然就不会再怀疑。"敏子说道,并告诉我,自己也在使用这个药。

敏子的大女儿上中学后交了些坏朋友,她经常因为女儿夜不归宿和偷窃等被叫去学校和警局。敏子曾狠心呵斥,也曾哭着劝告,但女儿仍然无动于衷。敏子甚至想过杀了女儿后自杀。

彰子当时正在远方修行,但还是察觉到了敏子的想法,和师父商量后给她配了这个药。

敏子只说这个药是治粉刺的,每天给女儿吃一包,女儿渐渐地远离了坏朋友们,开始努力学习。现在她在东京的知名女子短期大学学习英语,希望将来能成为一名译员。敏子为了向师父表达由衷的感谢,两人见过一面。

"因为用的是珍贵草药,所以就算是姐妹也没有折扣。说实话,我这钱花得很心疼,但是想到这是能改变我和女儿的人生的药,倒也不觉得贵了。

"……哎呀,暴露我们家的经济条件了。但你是大户

母性

人家的媳妇，想必不会觉得贵的。"

敏子不好意思地说，道出了药品的金额。一袋一万日元，里面有十包。每天吃一包，一个月就是三万日元。我惊讶得险些喊出声来。我每月都在勉强度日，哪里拿得出三万日元。

但如果能让女儿变回继承我与母亲血脉的样子，就像敏子所说，倒也不算贵。我还有仁美给的房租，加上宪子不再来家里，只要减少一点饭菜的量，倒也勉强可以挤出这笔钱。

而且还能听到母亲的声音，甚至和她对话。就算是一百万日元我也愿意付，实在不行就把房子卖了。

那药对女儿很有效。

她的成绩从三十名左右升到了前十名，还参加了学生会的选举，老师对她的评价也变好了。她开始积极参加志愿活动，邻居们对她的评价也有所提高。那时，我经常把手放在院子里的垂樱树树干上，向母亲汇报。

"母亲，继承了我们血脉的女儿渐渐恢复了本来的模样，变成好孩子了。"

我想早点听到母亲的话语。彰子每两个月去一次敏子家，她通过姓名占卜确认女儿的气正在逐渐被净化，还说母

第五章　泪瓶

亲也很高兴。

就这样吃了半年的药后,彰子答应下个月让我见见她的师父。

我要和我母亲聊些什么呢?我掰着手指头等待着约定的日子,却没有见到师父。敏子和彰子也没能见到。

婆婆知道了我从敏子那里买药的事。我谎称那是治粉刺的药,一个月只需三千日元,但并没能骗过婆婆。她说敏子是个骗子,一直向不幸的人高价兜售药啊、水晶球啊、印章之类的东西。

婆婆不许我再见敏子。我就算想偷偷见面,也瞒不住婆婆,因为邻居们多少都受过田所家的恩情。婆婆说,要是发现我去见敏子,就要报警。我只好当着婆婆的面给敏子打电话,说以后不能再去手工艺教室了。

"是你婆婆说什么了吗?"敏子似乎立刻就察觉到了,我只说感谢她一直以来的照顾,说完就挂了电话。

"她大概是知道你流产才想来骗你,但几个月的胎儿根本就没有灵魂。世上和你有相同经历的女人多如牛毛,你得靠自己的意志振作起来。"

我很想堵住说出这话的嘴。但婆婆不仅是在责备我。

母性

"你被骗子钻空子,说明我们家不够团结,真丢人。今后,我们家人要互帮互助才是。"

我告诉自己,我再次失去了珍贵的东西,但这一次,我也有了收获。但无论好坏,婆婆之所以得出这样的结论,还是因为女儿。

"我发现那孩子在喝奇怪的东西。一包黄豆粉要卖三千日元实在离谱。好在我阻止了你,没让你买些更奇怪的东西回来。"

平时连和婆婆对视都少有的女儿,为什么要在婆婆面前吃药呢?为什么还告诉她,药是从敏子那里买的呢?她怎么在一些不必要的时候和婆婆同一阵线呢?果然,女儿可能更多地继承了田所家的血脉。

但是,尊敬的神父。我不认为敏子是骗子。就像我之前所写,彰子的能力是真的。如果婆婆晚一点注意到,让我见见彰子的师父就好了。直到现在,我偶尔还会这般想。

我本想和母亲聊聊,然后……如果有师父和彰子在,是否就能阻止之后发生的惨剧呢?我一直十分后悔。

女儿的回忆

我之所以会在黑暗中想起许多与手有关的事情，不仅是因为记忆中的温度和触感，还因为有许多关于手工制品的回忆。

母亲做的亲子装，外婆做的手提袋，父亲做的菜，亨做的手持镜，春奈做的手工曲奇……

从梦想的家搬进田所家后，母亲完全没有了自由时间。所以当我看到母亲在缝制坐垫套或者桌布时，心里总会放松一些。

我上初中后，母亲开始上手工艺课。

每周二晚上，母亲都会去邻居敏子阿姨家上课，然后带些手工作品回来。到家后，母亲会首先将作品拿给我看，兴高采烈地说起手工艺课上的事。说着这个部分特别难做，大家都夸她配色很好看，将笔筒和小置物盒都送给了我。在梦想的家时的那个母亲好像回来了，让我总是期待着周二的到来。

母性

　　敏子阿姨是母亲流产时帮她叫救护车的邻居。她大概是为了让母亲振作起来才邀请她去手工艺教室的。我真想一直看到母亲高兴的模样。

　　我曾拼命思考如何让母亲高兴，但没想到如此简单。应该让她走出家门，因为田所家令母亲痛苦。但承认这点令我十分难过。

　　我没和父母一起旅行过。住在梦想的家中时，听说父亲经常心血来潮地带上行李，开车载着我和母亲出远门。母亲在田所家，每天都累得筋疲力尽。我实在没法开口，让她在休息日时带我出门，只好去问父亲。

　　父亲惊讶地回道："小时候不是带你去过很多地方吗？"可我丝毫没有关于旅行的回忆。

　　"真是的。"我听了生气，就问父亲到底是哪一年的事情。得到的回答是刚住进梦想的家时，从我出生到三岁的那段时期。如果有照片，也许能让我了解，或者想起什么，但是相册都被大火烧毁了。

　　爱不就是自我与自我的碰撞吗？

　　我想让母亲高兴，想让母亲关注我。我希望母亲能为我骄傲，抚摸着我的头说谢谢。我想让母亲握住我的手。上

第五章　泪瓶

初中后，我已经过了会被摸头夸奖的年纪了。也因此更渴望母亲温柔的话语和笑容。

我只是单方面地渴望着爱。如果我能得到爱，一定也会付出爱。但我给予的爱对母亲来说或许本就算不上爱吧。我原本只想着在家里保护母亲，但我真正要做的是帮母亲走出家门。

母亲去上手工艺课的晚上，我会帮忙收拾晚饭后的餐具，平时我总会早早离开主屋，但我担心祖母有事吩咐，就一直在主屋里等母亲回来。这或许是最令母亲高兴的，所以才把手工艺品都给了我。这绝不是因为给我买不起新衣服而做的补偿。

就连我都知道父亲工作的制铁工厂效益不好。制铁工厂是穷乡僻壤的一大产业，班里有十多个同学的父亲都在那里工作，但在半年内就有三个孩子因为父亲换工作而转学了，剩下的同学们也经常说起，工厂可能今年就会倒闭。

他们知道工厂的事情，说明在家里和父亲聊过这个话题。这种被平等对待的感觉令我十分羡慕。我也曾问过父亲关于工厂的事。

"爸爸的工厂会倒闭吗？"

母性

"说什么傻话，怎么可能因为经济不景气就倒闭，还有工会在呢。"

"工会是什么？"

"你什么都不懂就跑来问我。那边二楼的书架上放着马克思的《资本论》，你先自己看看。"

我看到过气派的书架上摆放着的世界各式各样的思想全集。但我觉得它虽然看着是书，但充其量只不过是一种高雅的装饰品，估计也没有人会翻看。

"但书在小律的房间里，我不能随意进去。"

"她已经离开这个家了，那不是她的房间了。再说，那套全集是我上大学的时候买齐的。"

"那怎么不摆在这里。"

"用不着，我都看过了，放这儿只会碍事。"

我很吃惊，我从未见过父亲读书。祖母经常自豪地提起父亲是K大学毕业的，但他只是制铁工厂的普通职员，在大学时肯定没有好好学习。我曾问他在大学里做什么，他也只回答了一句"打麻将"，所以我真的以为他只会打麻将。

我对父亲也不太了解，所以决定先读一下马克思的《资本论》。

第五章　泪　瓶

我不想在母亲在家时上主屋二楼。我挑了母亲去上手工艺课的时间去,但也不愿意被祖母发现后责骂,就让父亲陪我一起去。

晚饭后,我们两人上楼,进了小律原本的房间。父亲打开书柜的玻璃门,拿出马克思的《资本论》。我把父亲递过来的书从书盒里拿出来翻看着,密密麻麻的文字告诉我这不只是装饰品。一想到书里写的东西父亲也看过,他的形象一下子伟岸起来。

"这是什么?"父亲率先注意到了那东西。房间南侧窗边有张小桌子,一个金色的垫子上放着直径十五厘米的大玻璃球。

"律子也喜欢占卜吗?"

"不知道。但小律还在时我从没见过这东西。"

小律离家出走那天,我进过这个房间。要是有这么大个东西,怎么会注意不到。

"你祖母的吗?"父亲拿着玻璃球和垫子,往一楼祖母的房间走去,我也跟在后面。正在看电视的祖母不耐烦地转过身来,一见父亲手里的东西,就大声质问:"你在做什么?!"但父亲并没有退缩。

"这是什么？"父亲声音平静地问。

"这是保平安的。"

祖母说着，开始说起这东西有多么贵重。据说是从一位很有能力的大师那里买来的，通过姓名占卜就可以看到远在他乡的人的"气"。把它放在律子房间的窗边，律子的气就会聚集过来，显示律子的状态。

如果律子身体健康，水晶球就会散发美丽的光泽，如果她遭遇意外或重病等坏事，水晶球就会出现裂纹、破裂，透明的水晶球也会变得浑浊发黑。但这怎么可能呢……

"什么乱七八糟的？你是被骗了。"父亲不以为然，从衬衫的前胸口袋里掏出一支烟来点燃。祖母拼命辩解说那大师是真的有能力。就连大师的弟子也是能人，只要把手放在名字上就能知道对方是个什么样的人。那大师说，喜怒悲乐这些情绪无形无色，虚无缥缈。所有的这些都是由"气"决定的。

天真的我只觉得有道理，听得入神。

"这不就是《般若心经》里说的吗？你给寺院捐了那么多钱，和尚连《般若心经》都没给你讲吗？姓名占卜说的也都是些含糊的套话吧？是有人听说律子离家出走，就上门

第五章 泪瓶

来想骗你钱罢了。"

祖母像是找不到话来反驳,嘴巴无声地张合着。

但父亲没再继续责备。他将燃剩一半的香烟在烟灰缸里捻灭,夹在耳后,面对着祖母说道:"我相信妈妈你是个聪明人。我能学点东西不是因为老爸,而是因为继承了你的血脉。所以我不用说太多,母亲你应该能明白。"

父亲称呼"妈妈"而不是"老妈"。他双手用力地搭在祖母的双肩上,祖母微微点了点头。

"就算没有这玻璃球,律子只要感冒了就会回来找您。她知道无论自己做了什么,妈妈都会帮她。她的确是离家出走的,但一点不担心得不到原谅。没有消息不正说明她过得很好吗?"

我心里有些委屈,为什么这样的话从不对母亲说呢?还是说,母亲流产的时候,父亲在我不知道的地方,也对母亲说过这般温柔的话呢?

听了父亲的话,祖母连连点头,并坦然承认自己的行为不对,说自己不知怎么了。她上了二楼的房间,将玻璃球放进木箱,塞进了衣柜里。"这种东西,用来压咸菜都不配!"祖母又恢复了刻薄的语气。

母性

　　回到偏房后，我问父亲："既然你能那样说服祖母，为什么总是保持沉默呢？"

　　"那玻璃球要是免费的倒也算了，但应该是花了不少钱。以后她要是买些更奇怪的东西回来，那可不行。你也别为了小事顶撞她，别管就是了。真有什么事也顺着她点。"

　　"你应该把这些告诉妈妈。"

　　"没用的，你妈妈有自己的一套行事准则。如果告诉她，换一种办法也能达成目的，她只会觉得之前的人生都被否定了。"

　　意思是，要让母亲继续做她觉得正确的事。

　　"所以我不应该跟妈妈说'农活和家务都可以偷懒，不用听祖母的话'，而要说'谢谢，妈妈辛苦了'，这样才能让她更高兴？"

　　"你这不是懂吗，这个家要是没有妈妈，早就散了。"

　　原来父亲并非不关心家里。父亲感慨一声，像是完成了一件大事一般，从耳朵上取下没抽完的香烟点燃。他还是老样子。

　　"这话不告诉妈妈吗？"

　　"我不说她也明白。妈妈很聪明，理解能力也很强。"

第五章 泪瓶

我接受了父亲的想法，但我如今发现，我太天真了。我们应该告诉母亲，我们有多爱她，有多感激她。

母亲上手工艺课一年左右的时候，她给我买来了治粉刺的药。听说敏子阿姨的女儿也喝过，效果非常好。将白纸包着的黄色药粉倒入嘴里，喝一口水，粉末就会膨胀起来，喉咙深处一股豆腥味，让人难以下咽。母亲问我味道怎么样，我如实地回答不太好喝。母亲显得不太高兴地说："你这孩子……"

母亲手头不宽裕，还特地给我买药，我却惹母亲不高兴了。

在那之后，我一直乖乖吃药，不敢再抱怨。但我额头和脸颊上的粉刺不减反增。母亲说这是要先把体内不好的细菌清除出去。可我却觉得，与其给我这个，不如给我买几件新衣服。

对母亲来说，这是爱。可对我来说，这却是负担。为什么母亲觉得，只要送我东西，我就会觉得幸福呢？但母亲绝不是对我放任不管。上初中之后，母亲反而更关心我了。

我的考试成绩一定要给母亲看，错了几道题就要被打多少下。要是考得好，母亲就会一脸满意地说，"不愧是继承了外公的血脉"。又问我想不想参选班委,要不要报名志愿活动。虽然我并不感兴趣,但还是参加了。母亲在邻居面前总是贬低我,夸奖别人的孩子,邻居也只顾炫耀自家孩子。

"我不喜欢你的眼神,你说的话,你的声音,洗碗时的动静……"祖母数落我的时候,我虽然生气,但并不失落。可被母亲责备,我真想找个洞钻进去。

这世上没有人会夸奖我。我到底为什么会活在这里?

我一边想着这些,一边照镜子。镜子里映出一张满是粉刺的脸庞,让我心生绝望。我从没想过让母亲去死,也从未讨厌过她。我讨厌的是被母亲厌恶的自己。

怎样才能让母亲接受我呢?就算得不到母亲的认可,我也要认可自己,喜欢自己,向喜欢的人学习。如果我能变得像母亲那样,就会喜欢自己了吗?就能得到母亲的爱吗?

我想得到母亲的爱。我总会得出这样的结论。

母亲在一年半后就不再去上手工课了,那本是她唯一的乐趣。

我问母亲为什么,她无精打采地回答:"光是下地就很辛苦了,晚上再出门就太累了。"莫非是祖母说了什么,我心生怀疑。

第五章　泪　瓶

　　我意外发现把治粉刺的药混在热牛奶里加点糖就会变得好喝。母亲去上手工艺课的时候，我就会这样吃药。一次，走进厨房的祖母问我是在黄豆粉里加了牛奶吗？我回答说是治粉刺的药，但祖母却坚持那是黄豆粉。她尝了一口，就一直追问我是哪里来的，我说是母亲托敏子阿姨买的。

　　我一度猜想是因为这件事，但又觉得祖母不会因为治粉刺的药就不让母亲去上课。两三年前还说不准，如今祖母或许是发现女儿不在身边，只能依靠母亲，对她的态度也好了许多。

　　如果母亲是自己不愿去的，我就没有什么好过问的了。也许是因为和敏子阿姨的联系断了，我也不用再吃那治粉刺的药了。那药没什么效果，我也不觉得可惜。

　　只要祖母不欺负母亲，我就不必挺身而出。这本应是高兴的事情，我却不禁有些失落。

　　如果只剩下母亲和我两个人，母亲还会需要我吗？她会爱我吗？

　　我总是渴望着母亲的爱，所以才没有发现。

　　没有发现母亲不爱我的原因……

母性

若是别的瓶子，能盛上酒或油，

盛在描画精致的空洞瓶肚中。

但我更小更纤细，

为了满足不同需求，为了盛满滴落泪珠的瓶子。

酒在瓶里变得甘醇，油在瓶中愈加澄澈。

可眼泪会如何？

眼泪使我沉重，眼泪使我盲目，在我浑圆的肚中发光，

然后我变得愈加脆弱，愈加空洞。

第六章

来吧,最后的痛苦啊

关于母性

"你说的当事人是母亲还是女儿?"语文老师又向小律点了章鱼小丸子,然后问道。

小律询问是不是两人份,我说我要章鱼小丸子茶泡饭,语文老师也换成了与我一样的。

"我想知道母亲的真实想法,但想和女儿聊聊。"

"她好像昏迷了,等她醒了,你是要劝劝她吗?"

"我可不会说那种大话。我只是想告诉她,女人分成两类。"

"是吗,哪两类?'天使'和'恶魔'?"

"我不相信这种没人见过的东西。很简单,是'母亲'和'女儿'。"

"这不是众所周知的事情吗?"

"不,是大家自以为众所周知。

"并非生了孩子的女人都能成为母亲。母性并不是每个女人都具备的,就算没有母性,也能生孩子。有人会在孩子出生后不久萌生母性。但也有虽然拥有母性,却强烈地希望自己是女儿,希望自己得到呵护,无意识中扼杀了内心的母性。"

"原来如此,你所说的'母亲'和'女儿',是指'有母性的女人'和'没有母性的女人'。所以,你想告诉那个自杀未遂的女儿,就算很倒霉地遇到了言辞怪异,没有母性的母亲,也不要悲观,对吗?"

"……就是这么简单。"

"久等了",小律端来两只陶碗,摆在了柜台上。

章鱼小丸子像四叶草一样摆好,倒入柚子风味的鲣鱼高汤,撒了许多鸭儿芹。

"看着不错。"

"直接吃也很好吃,但我推荐加点酱油。"我对语文老师说。

小律像是突然想起来似的,向打工的男孩说:"小英,拿个酱油。"男孩冷淡地回了声好,递来了酱油。小英?我转头看男孩的脸,终于想起他是谁。

"你可以查查,但别太拼命了。你现在不是关键时候吗?"

"你发现了?"

"我之前就有所猜测,你说起母性的话题我就更肯定了。也许是因为你也有这个打算,所以才会注意到。"

听他这么说,我抽回放在碗边的手,摸了摸肚子。"快了。"我用手掌传达着我的心意。小腹传来了缓慢的胎动,像是在说:"慢慢来。"

我和这个孩子能否心意相通呢?

母亲的手记

尊敬的神父,世人误解是我逼得女儿自杀。除了上面提到的,女儿一直夺走我的幸福,还因为,田所在女儿自杀未遂之后就消失了。

仁美也不知去了哪里。

田所和仁美出轨,女儿发现后曾告诉我,这让我很恼火,并责骂了她。或是女儿知道田所和仁美要私奔,却没有说。我发现后满心怨恨,所以杀了女儿,还伪装成是自杀。

就算我整天躲在家里,还是能听到这些流言蜚语。三流妇女周刊杂志想象力高超,将那晚发生的事说得绘声绘色。

如果我不解释,就等同于默认了他们的说法。我忍着巨大的悲痛,告诉守在家门口的那些记者,"我倾注了所有的爱,悉心养育女儿长大"。可每当我说到"爱",他们的表情就冷了下去,心里盘算着要怎样编出博人眼球的故事。

但我没有告诉记者。母亲曾用生命保护了那个孩子。

母性

就算把台风那天发生的事情告诉那些无法理解爱的人，他们也难以想象母亲对生命延续的想法和觉悟，以及我的决心。但我不能让他们说是因为女儿才没能救下母亲，我对女儿记恨多年，最终爆发。

我只向神父您提过台风那天的事情。……不，我还是隐瞒了一件最重要的事情。

我相信神父您会理解我，我不可能为了报复而向女儿施暴。但怎么也写不出当时的真相。可我还是要鼓起勇气告诉您。但在此之前，我想先写下我对田所的想法。

对我所爱的丈夫的想法：

我和田所结婚十八年，他从未对我说过一句"我爱你"。但只有我明白，他只是不善言辞，他会将浓烈的情感藏在内心深处。

语言是为何而存在呢？为了传达想法，为了了解想法，为了将无形的想法实质化。对大部分人来说，这就是语言存在的意义。但我花了近一年时间才明白，对田所来说，语言有着不同的意义。

语言是为了战斗而存在的。

律子离家出走，公公去世，宪子搬去其他城市，婆婆

第六章 来吧,最后的痛苦啊

孤身一人住在宅子的主屋里,她只能依靠我了。相处的时间一长,她也开始跟我说些往事。

她说的都是儿女小时候的事情。提起律子和宪子,说的都是母亲对女儿的过分夸耀,我装作认真的样子随声附和,其实毫不在意。但关于田所的事,我听得格外认真。

"我丈夫稍不如意,就会动手打骂。哲史一岁多的时候,终于可以扶着手拉门站起来了。作为父母,本该为孩子的成长感到高兴,可他却不同。他看到手拉门的纸破了,一巴掌就打在了哲史头上。

"等到哲史慢慢长大,我丈夫就变得更加凶残了。哪怕我抱着他的大腿求他停手,他也不为所动。我问他为何这么厌恶哲史,他理所当然地说并不厌恶,只是作为田所家的继承人,必须这般严格教育。

"但我无法接受。丈夫也并非在这种严格的环境中长大。他是五兄弟中的老幺,加上几个哥哥战死,父母对他格外疼爱。但如果我这样问,他可能会将我和哲史一起杀掉。他就是个被惯坏的人,我只好放弃。

"我只能悄悄给哲史一些点心,为我这个做母亲的无法保护他而道歉。哲史总是温和地微笑着说没事,分我一半点心，说一起吃。

"他是个温柔的孩子。但精神状态正常的人是无法笑着面对那种残酷折磨的。我曾担忧，哲史是不是被打了太多次头，脑袋出了什么问题。

"等他上了小学，我就知道那完全是杞人忧天。因为哲史门每一门课都名列前茅，被老师们称作'神童'。

"丈夫虽然在外人面前炫耀这件事，但心里或许有些不痛快，于是总为一些小事挑剔哲史，愈发频繁地打他。丈夫去世的哥哥们都很优秀，可丈夫却资质平庸。或许是看着父母为儿子们的死而叹息，令他感到异样的自卑感。可哲史是他的儿子啊。

"孩子弄脏袜子、打翻味噌汤都是寻常的事情。甚至有时候，丈夫因为心情不好，嫌弃哲史的脚步声太吵，挥拳就打。我和哲史也只能忍着。

"但哲史并不是圣人。听邻居太太们聊起自家孩子时，我觉得哲史总有一天也会反抗，这让我既害怕又期待。但他上了初中、上了高中，却仍没有要反抗的意思。

"相反，上中学后他加入了美术社，变得愈加沉默寡言。我有时甚至怀疑他是不是不会说话了。他在庭院里画画时，

第六章　来吧，最后的痛苦啊

甚至看起来和周围的树木如出一辙。

"他的画让我看着沉重而阴郁。他一定是把对父亲的不满全部封闭在了画里。但他的画总能得奖，也许是我多虑了吧。或许别人更能理解他的画。

"我其实不想把他叫回乡下，想让他成为一名走遍世界的画家。"

婆婆的故事每次说到这里就结束了，下次又会从头说起。所以我记得很清楚，很轻松就能都写下来。

听了婆婆的话，我在想到底能相信几分。因为婆婆说的和我认识的公公相去甚远。公公在吃饭的时候，虽然会和婆婆围绕着寺庙捐款金额等问题大声争执，但从没见过他有破口大骂之类的野蛮行为。更是想不到他动手打人的样子。

他也从不对田所说什么重话。但我觉得婆婆的话并不都是虚言。

田所阴郁的性格，可能是因为自小就受到父亲的家暴？每次公婆争执，他都只在一旁默默看着，是因为他知道自己插嘴只会增加父亲的愤怒吗？我一直不理解田所为什么这样做，但听了婆婆的话，我终于明白了一些。

也终于能隐约明白，结婚前田所说的"美好的家"是什么意思了。院子里开着时令的鲜花，室内收拾得井井有条，田所家和高坡上的家都是这样的。但田所说的"美好"，指的应该不是这个。

他想要的或许是家人心意相通的美好，没有暴力和怒吼，令人放松做自己的地方。如果是这样，那么高坡上的家对我和田所来说也应该是理想的家。

我们在共同打造"美好的家"。

那失去高坡上的家，回来原来的房子里，田所又是怎样的心情呢？我以为他回到熟悉的环境里，会生活得很舒心，因为我在娘家就是如此。但对田所来说，这个家或许令他感到窒息。

可如果真是这样，住在高坡上的家里时，为何要时不时暗示想要搬回来呢？但或许他说这话，是出于棍棒之下教育出的身为长子的责任心，又或是婆婆让他来说服我，于是不情愿地说了那些话。

还是说——他觉得和我一起把高坡的家构筑成了"美好的家"，那只要和我一起，就能将田所家也变成"美好的家"呢？

一定是这样的。

第六章　来吧，最后的痛苦啊

若果真如此，那这十二年来，田所应该失望至极。

所以，田所把那天的惨剧告诉了女儿，然后就消失了。

尊敬的神父，我终于要开始写女儿自杀那天的事了。

女儿那晚十点多才回到家。她从未不打招呼就这般晚归。但我之前就隐约察觉到，她经常和男孩约会。我非常失望，她怎么会变成这样一个放纵的孩子。和男孩见面不是坏事，我上高中的时候，也有几个关系很好的男孩。放学后，我们经常一起去镇上的图书馆学习，一起看电影。

这些事情，我都告诉了母亲，征得了母亲的同意。

男孩的姓名、住址、性格、认识的经过，我全都一五一十地说了。母亲要是想要见见对方，我就会邀请他去家中做客。

有些人不想见我的家长，我就会立刻和他断绝往来。母亲见了觉得不喜的男孩，我也同样会疏远他们。

可是女儿连女性朋友都从不给我介绍。小学时，她和家庭不幸的同学交朋友时，我非常支持。可自从没看好律子，不能邀请那个女孩参加生日会后，她再也没和我提过任何朋友。

不仅是朋友，她在学校做了什么，有什么兴趣，都不会告诉我。中学时,她加入了美术社,高中时加入了英语研究社,可也从不说有些什么社团活动。

"妈妈,我跟你说!"——我每天放学回家,都会对着厨房里母亲的背影,汇报当天发生的事情。青春期的烦恼,我也会找母亲倾诉。

"妈妈,我为什么会在这里呢?"——我曾经认真地当面问母亲。

"因为你选择了我和爸爸呀。"——母亲笑容温和地回答。

是我选的吗?

我想象着自己在出生之前,没有身体,还是灵魂的状态。房间里贴满了许多夫妇的照片。上帝问我想当哪对夫妇的孩子,于是我从照片中挑选出了一对夫妇吗?不对,我肯定这样问了上帝。——"哪对夫妇最爱我?"

于是,上帝轻轻指向一张照片。那就是面前的母亲和在客厅里埋头看西洋书的父亲。我一边这样想着,一边又问母亲。

"被我选中,你们开心吗?"母亲的回答就算我不说,神父您也知道吧。

第六章　来吧，最后的痛苦啊

孩子无法选择父母。看到家世不幸的孩子，我们总会这么说。但我相信母亲的话，是我选择了父母。女儿肯定也是自己选择了我们。

因此，就算女儿没有按我的期望成长，我也觉得是女儿的天性，而不是因为我的教育。

虽然她没说，但生活在同一个屋檐下，我还是能察觉到她有没有男性朋友。透过她打电话时的神态和语气，出门时穿的衣服。但她天黑前总会回家，我也就装作什么都没发现。

可那天，到了晚饭的时间还不见人影。我心想等她回来一定要好好教育她，和往常一样陪婆婆一起吃了晚饭。

我在主屋待到九点半，然后回偏房里独自看电视。从一年前开始，田所开始经常加班，经常半夜十二点左右才回来，可薪水却完全没涨。可如果拒绝加班，就可能会被解雇，这让我感受到了世道的艰难。

我当文员的时候，只需要到公司出勤，和同事们闲聊到下班，就能拿到和田所现在差不多的薪水。

妇女会的一些太太会抱怨丈夫不帮忙做家务，这在我看来是无法理解的。丈夫在外工作，为什么还要做家务呢？

而且那些发牢骚的太太全都是全职主妇。主妇的职责就是做家务，我很难理解为什么要让丈夫帮忙。

都说"君子远庖厨"。还住在高坡上的家里时，我曾高兴地告诉母亲田所下厨的事，母亲听了面露难色。这样想来，我现在的想法或许来自父母的教育……可女儿为什么没有长成我希望的样子呢？

明明我对女儿倾注的爱与母亲对我倾注的一样多。

母亲为救女儿牺牲了自己，这件事我一直埋在心底，没有告诉女儿。无论女儿多么令我生气，我都绝口不提这件事。

因为我知道，女儿如果知道了，只会感到自责。

女儿十点多回家时，沉默着走到客厅。她没有进来，只是敛着呼吸站在门口。我想她可能是心里愧疚，就想语气温和地同她说话。

要是张口就大声训斥，她可能会将自己关在房间里，那就什么也问不出来了。

我忍着怒气挤出笑容，抬头看向站着的女儿。我呼吸一滞，女儿的眼睛又红又肿，都看不出是否还睁着。我一瞬间以为她是被蜜蜂蜇了。可她双手垂着，并没有去触碰眼睛，

第六章　来吧，最后的痛苦啊

似乎并不疼。是那男孩跟她分手了吗？我心想一定是这样，想安慰失恋受伤的女儿。

"你回来啦？今天怎么这么晚，是去见同学了吗？"

我没有提眼睛的事，只是笑着问她。眼泪从她勉强睁开的眼睛里流了下来。

"你怎么了？别站着，过来坐。我正想泡茶，给你也泡一杯吧？奶茶怎么样？还有之前在教会市集上买的曲奇……你吃晚饭了吗？"

女儿没有抹眼泪，也不回答，既不点头也不摇头，只是一直盯着我。我想她肯定对这份感情投入了很多，想我温柔地将她抱入怀中。

"先坐下来吧。"

我又招呼了一声。她向前走了两三步，端坐在我面前。她看起来很是愧疚，难道是要坦白什么不好的事吗？我想起在妇女会上听说某家的女儿怀孕了，这让我一下子毛骨悚然起来。

不管听到什么，我都不能慌乱。我一边在心里告诉自己，一边转身去看女儿。

"发生什么事了？"我收起笑容问道。

母性

女儿移开目光，擦着眼泪。她不停深呼吸，像是在克制住哭腔。

"外婆是为了救我才自杀的，是吗？"

我只觉后脑勺像是被重重锤了一下，眼前发白。我倒吸一口冷气，差点晕过去。我的心脏剧烈跳动，外界的声音似乎被屏蔽了一般模模糊糊的，只有噼里啪啦的火焰燃烧的声音从耳朵深处响起，耳边传来了母亲的声音。

"求你了，听妈妈的吧。比起自己，我更希望我的血脉能延续下去，好吗——"

"不，妈妈，你别这么说。"十多年前的事情历历在目，母亲的话更是清晰。

"能生下你，母亲真的很幸福。谢谢！你……以后……倾注所有的爱……悉心养育她长大。"

然后，就是——母亲咬舌自尽了。为了让我救女儿。为了让我成为一个真正的母亲。

当母亲的生命在我眼前消逝的瞬间，声音和颜色都从我的世界消失了。

只有母亲的临终的话在我脑海中不断回响。——"倾注所有的爱，悉心养育她长大。"

第六章　来吧，最后的痛苦啊

她，她是谁？我猛地睁开眼睛，看到的是女儿的脸。

"外婆是咬舌自尽的吗？"

没错，就是她。

"对不起，对不起，对不起……"

我一脸痛苦地不停道歉。我必须爱她。我必须告诉她，我爱她。可我却说不出话，甚至忘记了如何呼吸。我忍着想要呕吐的冲动，拼命吸入空气，伸出手来想要抱住女儿。——我爱你。

可女儿没有感受到我的想法。不，也许正是因为感受到了，才意识到自己从我身上夺走了多么宝贵的东西，这才想以死补偿。

神父您应该已经知道了，女儿想上吊自杀。她选了庭院里的那棵垂樱。

女儿甩开我想紧紧抱住她的手，冲进了自己的房间。我想追上去，却连站起来的力气都没有，也想不出该和女儿说些什么。我呆呆地看着还残留着女儿温度的双手，心想怎么会这样？

田所还没有回来，我独自感受着孤独。过了好久，我迷迷糊糊地睡着了。

母性

我在尖叫声中猛地醒来。——"你在干什么!"

那是婆婆的声音。她的声音不像回忆往事时的柔和,而是像是对着几十个人怒喝,或者像是和公公争执时那样高亢,撕裂了寂静的空气。我猛地起身,还能听到外面像是芦苇或树枝摇晃的沙沙声。是进了贼吗?我想着,穿上拖鞋慌忙往外走去。

黎明前的昏光中,婆婆瘫坐在垂樱树下,一旁的地上躺着另一个身影。女儿躺在那里。

"别愣着了,快叫救护车。"婆婆喊道,可我一看到女儿无力地躺在地上的样子,就双腿发软,站在原地动弹不得。

"关键时刻怕成这样,你还当什么母亲!"婆婆训斥着站起身来,跌跌撞撞地跑进了主屋。

我脚步沉重地走着,一步、两步……我在女儿身旁蹲下,把手贴在她的脸颊上。很冷。我不敢把手从脸颊移到鼻子和嘴巴上,我太害怕了。

女儿身旁是用来存放成熟蔬菜的黄色塑料箱。箱子倒扣在地上,像是用来垫脚的。折断的樱花树枝落在上面,树枝上绑着一根绳子。

"你为什么要这么做!"我握着女儿的手,喊着她的

第六章 来吧,最后的痛苦啊

名字。"清佳!"

我呼喊的时候突然想起,原来这孩子叫清佳。

被救护车送走的女儿保住了性命,但是还没有苏醒。一开始,警察认定女儿是自杀的。我也对此深信不疑。

可不知为什么,警方突然开始怀疑是我逼死了女儿。

或许是因为女儿的遗言。警察在女儿的房间和垂樱树周围搜索,都没有找到遗书。但在女儿书桌最上层的抽屉里,放着一本抄写里尔克诗句的笔记本。笔记本的最后一页上,写着这样一句话。——"妈妈,请原谅我。"

这显然是遗书,但不能因此怀疑我想杀害女儿。"妈妈,请原谅我。"——我知道这指的应该是母亲自杀的事。我正是害怕这样的结果,才一直隐瞒母亲去世的真相。难道世人以为我是故意将这件事告诉女儿,逼她走上绝路,所以说是我杀了女儿吗?

可我也很疑惑。女儿是怎么知道母亲死亡真相的?这件事,明明只有我一个人知道,连田所也不知道。

田所在女儿被救护车送走几个小时后,赶到了医院。

他问我发生什么事了,我告诉他,女儿在院子里的垂樱树上试图上吊自杀,婆婆发现后把她救了下来。我还告诉他,女儿不知怎么得知了十一年前台风引发山体滑坡,紧接着发生了火灾,母亲为了救她而死的事。或许是因此感到自责,才想寻短见。

田所听完后说:"这件事,她不是早就知道了吗?"

田所不知道母亲是自杀的,以为是我先救出了女儿,才导致母亲被火烧死,而女儿知道了这件事。

我决定把母亲咬舌自尽的事告诉田所。为了不后悔当初救了女儿,也为了今后能继续爱女儿。我告诉他,母亲为救女儿牺牲了自己,而我一直隐瞒着这件事。田所露出往常那种不知在思考什么的神情。在这种时候,我真希望他能说些什么。希望他对我说,谁都没有错。希望他告诉我,女儿一定能醒过来。

但田所没有对我说一句安慰的话。

"我回家洗个澡再来。"他说完就走了,之后再也没见过他。他确实回过一次家。偏房玄关处放着一幅画。那幅红玫瑰的画之前是挂在高坡上的家里玄关处的。不知道那是房子烧毁时留下的,还是田所重新画的。

或许女儿知道台风那夜发生的事,只是之后失忆了,后来记忆复苏了……我想到了这个可能性,却无法求证。

第六章　来吧，最后的痛苦啊

只有一件事是肯定的。——女儿将遗言和里尔克的诗句写在了一起。

田所消失了，留下了一幅画。将我们联系在一起的，是在高坡上的家时的美好回忆。

可是，尊敬的神父，就算能让我实现一个愿望，我也不愿回到高坡上的家。我想回到以前和父母三个人一起生活，当他们女儿的日子。

不，如果只能实现一个愿望——我希望心爱的女儿能早日恢复意识。希望亲爱的母亲拼死守护的生命，能恢复光彩，重新绽放美丽。

女儿的回忆

"比起妈妈,我更喜欢爸爸。"亨的妹妹春奈理所当然地说。

当被问到理由时,她回答说:"妈妈偏心哥哥,但爸爸会想着我。"接着又说,"独生女能独享父母的疼爱,真好。"对此,我只是露出了苦笑。

我发现,原来父亲也是会疼爱孩子的。

田所家观念传统,住在高坡上的家时,就是父亲外出工作,母亲照顾家里。于是我理所当然地觉得,照顾我是母亲的责任,父亲对我关心少很正常。

可父亲真的只需要挣钱就好吗?不是的,他有保护妻子的责任。父亲保护母亲,母亲保护我这个孩子。可母亲被祖母和姑姑们刁难时,父亲却袖手旁观,甚至熟视无睹,这让我无法原谅父亲。

如果父亲能保护好母亲,或许母亲会更关注我。

但我从未觉得父亲不珍惜母亲。不仅如此,甚至因为

第六章　来吧，最后的痛苦啊

一件事，让我发现了父亲对母亲的深厚感情，父亲在我眼中的形象也高大了起来。

我发现了父亲的日记。

中学时，我觉得读了父亲推荐的马克思的《资本论》，就能多了解一些父亲，于是拼命读那些艰涩难懂的文字。可我读得很痛苦，读的时候也很难想象父亲的身影，于是就把书塞进了书桌抽屉里。三年后，在社会课上学到《资本论》时，亨产生了兴趣，我就将书借给了他。我希望他读完之后告诉我，怎样的人会支持这些理论。我本以为亨很快就会失去兴趣。

但他读了下去，有时还会夸赞有趣。看他课间也在认真地读着《资本论》，我心里不免有些懊恼。

我当时还是个中学生，因此读不懂书中内容，但也可能是不感兴趣。我不感兴趣的不只是经济，还有父亲。

如果这是母亲推荐的书，我会这样轻言放弃吗？为了和母亲有话题聊，我或许会努力理解书中内容，想知道是哪里触动了母亲。

关掉电视，泡一杯红茶，和母亲面对面坐在小餐桌前讨论书中内容。我是这么想的，母亲呢？

如果想法一样,自然令人高兴。但就算想法不同,也能相互交流为什么有这种想法。或许还能让我了解到不一样的母亲。

等回过神来,窗外已是天光微亮。虽觉得直接去上学很疲惫,但心里一定很满足。母亲会劝我多睡一会儿,可这样,彻夜的谈话就会化为梦境,我一定会穿上凉鞋,出门上学。

那时,我看到的景色或许会有所不同。庭院中那些精心修剪的树木和花朵,仿佛只为折磨母亲而存在。我如果能将它们看作高坡上的家中绽放的花朵,只欣赏它们的美丽,该有多幸福啊。

思考这些问题时,我发现父亲也是这般希望的。如果亨是田所家的孩子,我的想象应该会在父亲和亨身上实现。

父亲想要个男孩,我曾经感觉自己被父亲否定了。母亲现在也会偶尔自责自己生不出儿子。那话说得自己好像是个残次品一般,让我很伤心。我也曾想让自己像个男孩一样可靠,但似乎没人希望如此。

用言语发泄情绪是女人才会做的事情。父亲或许为此感到失望,才没有帮我。

第六章　来吧，最后的痛苦啊

无法像常人一样正常沟通。对一切都视若无睹的父亲，更令母亲被那种不必要的罪恶感折磨。

我想和父亲当面谈谈，这样可以让母亲在田所家住得舒心一些。

但我也不能让亨立刻把《资本论》还给我。所以我决定读些其他的书。我想从浅显的书入手，于是询问社会课老师，有什么推荐的思想书籍。老师问我对哪方面感兴趣。

被老师问到，我才意识到自己从没想过未来的梦想。

我从没想象过自己长大后的样子。也没怎么想过社会上有什么样的工作，只想自己或许能当个公司职员或是教师。但我也不太了解公司，所以如果有人问我，教师是比较保险的回答。于是我说，对教育比较感兴趣。

父亲或许是看穿了我这种心思，才看不上我吧。

老师给我推荐了卢梭的《爱弥儿》。

我问父亲，他收藏的全集里有没有《爱弥儿》，想让他和我一起去主屋二楼找。可当时父亲回家很晚，晚上九点多还没到家。母亲说因为经济不景气，父亲必须加班。我也就信了母亲的话。

我背着母亲和祖母，小心翼翼地上楼，来到小律以前

母性

的房间,打开书柜的玻璃门,很快找到了《爱弥儿》。书柜里还摆放着日本文学全集、近代美术画集,还有一些看不清书名的旧书。

我拿起一本大概是二手书的旧书,发现是《里尔克诗选》。我感觉父亲和母亲在高坡的房子时,眺望着夕阳背诵过的诗就出自这本书。旁边还有一本封面上没有标题的书。我打开一看,发现竖排的纸上写着方方正正的文字。——那是父亲的日记。

虽说我们是父女,但我能看父亲的日记吗?我只迟疑了三秒左右,就把《爱弥儿》《里尔克诗选》和日记本都揣进开衫里,跑回了偏房。回到自己房间后,又把这书再一本一本地掏出来。

我最感兴趣的还是父亲的日记。

> 母亲给了我一千日元,让我买一件东西当作高中入学纪念。我思来想去,最后决定买一本日记本。我想尽量每天都写,但每天的生活并没有太多值得记录的事情。

第六章　来吧，最后的痛苦啊

日记以这样的文字开头。刚开始的一周，他每天都会写日记。渐渐地，或许正如他担心的那样，日常生活中没什么值得写的，日记的间隔渐渐变长。最后一次日记与第一次相隔了十年之久。

父亲的文章没有夸张的比喻和拟声拟态词，平实的文字非常好读。我只花了一个晚上，就看完了父亲十年的生活。那是我人生中，觉得自己离父亲最近的时刻。

我的世界没有颜色。

父亲高二某天的日记，是以这样一句话开始的。我在之前的日记中得知，祖父从父亲记事起就对父亲施暴。虽然祖父为了寺庙捐款的事和祖母发生过激烈的争吵，但从没见过他动手打人，所以一开始令我难以想象。但父亲的文字中没有怨恨，只是提及被打一事，想来应该是事实。

如果反抗，会被打得更厉害。我可以忍，但不能让他打妈妈和妹妹。

母性

父亲在这个家里抹杀了自我。

父亲上大学后,第一次离开家,从暴力中解脱出来。父亲仿佛要发泄埋藏了十几年的情绪,投入到了抗争中。但父亲的世界仍然没有颜色。

他曾想在东京当一名新闻记者,但祖父命令他回乡下,父亲只能乖乖听从他的命令。父亲好不容易逃离了暴力,为什么要回家呢?

> 战场无处不在。

父亲意气风发回到乡下,等待他的却是一个封建的社会。这个社会可以轻而易举地打碎年轻人的梦想和思想,社会的中心,就是这个家。而父亲将这种绝望封印在了画里。——一个色彩斑斓的,无色世界。

与母亲的相遇,让父亲的世界出现了色彩。

> 看着映在她眼里的玫瑰,我第一次感受到了玫瑰的美。我想和她一起创造一个色彩鲜艳的美好的家。

第六章　来吧，最后的痛苦啊

这篇日记用里尔克的诗《爱之歌》作为结尾。不知是因为这是最后一页，还是因为无须再将郁闷憋在心里。但不难想象，这一页之后的故事就是和母亲一起在高坡上的房子开始新的生活。

美好的家。对父亲来说，那个家是非常重要的地方，而母亲是不可替代的存在。

我想一直看到母亲温柔的笑容。希望母亲抚摸我的头。希望她握住我的手。我总是看着母亲这般想。但仔细一想，却发现想不起母亲看着父亲时的表情。但他们睡在同一个房间，父亲应该比我更能感受母亲的温度。

想到高坡上的家，我突然产生了一个疑问。这个家对父亲来说是不是美好的家？祖父去世了，没人再压制着父亲了。祖母是父亲需要保护的人，母亲是他献上《爱之歌》的对象。院子里四季如春，开满了鲜花。

可对父亲来说，只有高坡上的房子才是美好的家。

我将找到父亲日记的事告诉了亨。亨像是找到了自己父亲的日记一般，兴致勃勃地问我写了些什么。

亨虽然是我最信任的人，但我还是没说祖父施暴的事，只是简单说了父亲大学时代的事：父亲在咖啡店打工，那里的老板教他弹吉他，他还参加了抗争运动。

亨对父亲参加抗争运动这件事很感兴趣。我看日记时，对此也十分好奇。这是通常所说的"学生运动"，我曾经看到过为国家权力而奋起反抗的学生们头戴安全帽、手中挥舞木棒的新闻照片。但知道的也仅此而已。

"他们是在和国家权力的什么抗争呢？"亨问我。

但父亲的日记里只写着诸如"现在正是站起来的时候""未来掌握在我的手中"的模糊内容，并不知道具体是在反抗什么。

我和亨一起去图书馆查资料，也没有文献提到学生运动的目的，只能从几张登载的照片中看到抗议牌子上的内容。

反对《日美安保条约》、反对越南战争、反对提高医学部学费、反对拆毁某某学生宿舍……

"可能什么都反吧？"

亨小声嘟囔，我在一旁重重点头。虽然中东国家正在交战，但我无法想象自己在三年后，和写日记的父亲同岁时，会高举写着反对战争的标语，或是反对涨学费和拆除宿舍。

我身边就有需要抗争的事情。

第六章　来吧，最后的痛苦啊

我每天都能看到母亲，但有时候还是会被母亲的背影吓一跳。曾经让人担心用力一扑就会折断的纤细腰肢，如今已经满是赘肉。原本挺拔的后背也扭曲得不成样子。

这很正常。因为母亲除了要承担所有农活，还要独自照顾因精神不好整天卧床不起的祖母。除了家务，母亲不愿意我帮忙做其他事情。高中时，我参加的是英语研究社这种没什么活动的社团，和亨的交往也不至于休息日都腻在一起，所以有足够的时间和母亲一起下地。

祖父母还会下地的时候，和他们一起工作是非常痛苦的。可如果和母亲一起，就算请假不去上学我也愿意。周五晚上，我常常告诉母亲，我明天有空。但母亲从不让我和她一起下地，只是让我负责洗衣服和准备饭菜。

母亲让我给祖母准备午饭时，我很想坚持跟着母亲下地。

但我知道，这不是母亲想要的。所以渐渐地，我经常谎称周末有事。

我不是讨厌做饭，只是不喜欢和祖母说话。

"我从未想过没人依靠这么可怕。我一直希望哲史能和仁美结婚。那孩子是四年制大学毕业的，又在政府工作，踏实能干，非常可靠。要是当时哲史没从政府辞职……"

母性

第一次听她说这种话,我真想将豆皮乌冬面连着托盘一起扣在祖母头上。但我知道,如果我这样做,母亲一定会骂我。

"妈妈不是也很努力吗?"我忍住了想破口大骂的念头,尽量平静地开口问道。

"她那就是千金小姐过家家。"

我真想把这个身体毫无问题,但脑子不正常的老人杀了了事。我一边想着,一边努力控制怒火。母亲如果希望祖母死,我会毫不犹豫地掐住祖母松垮的脖子。但这并非母亲所希望的。

我甚至想,要是家里进了强盗,只能救祖母和我其中一个,母亲说不定会救祖母。

母亲总是声音开朗、笑容温和地照顾着祖母。

祖母明明可以自己去洗澡,但母亲还是会将她扶进浴室,替她搓背,再带她回卧室。母亲每天都这般细心照顾她,她却还要嘲讽母亲是"千金小姐",根本就是在嫉妒。母亲尽心尽力,丝毫看不出千金小姐的影子。可在祖母的眼中,母亲依然是以前的模样。

仁美阿姨从母亲那里租下了外婆的房子,来家里交过

第六章 来吧，最后的痛苦啊

几次房租，我曾见过她。祖母提到仁美阿姨，并不是因为她的学历和工作。只是因为同样圆脸塌鼻梁的仁美阿姨让祖母感到亲切。

我曾向母亲提议，把祖母送到养老院。母亲眼神冰冷地盯着我，就像是在看怪物一样。

"多亏了祖母，你才能住在这里。你怎么能说出这么可怕的话？"

我只是想减轻母亲的负担，可在母亲听来，我是想把祖母赶出家门。

真希望我可以哭着对母亲说："我这都是为了妈妈好啊！"如果能抱着母亲放声大哭，那该有多幸福。

每当有这种想法时，我都会翻开《里尔克诗选》，将父母在高坡上的家时经常朗诵的诗句抄写在封面画着玫瑰藤蔓的笔记本里。我想杀了祖母，想毁掉眼前的一切。

我想放火烧了农田，烧了这房子。

我想大声将这些想法喊出来。

哦，原来如此。我明白了。

如果明天去学校，看到有人举着牌子抗议，我也会加入他们。抗议什么不重要，哪怕我不打算组乐队，也可以大

母性

声要求废除禁止乐队的校规。也可以一脸严肃地要求将女生的紧身运动短裤换成普通短裤。星星之火可以燎原,等到那时候,什么乐队和紧身短裤早就被抛诸脑后了。

有时我会顶撞老师,或许也只是在发泄心中的郁闷。

我想父亲也是知道自己内心躁动从何而来,才参加了学生运动。

就算不看那些思想书籍,通过日记和《里尔克诗选》也能充分了解父亲。我的外表虽然继承了母亲,但内心更像父亲。对此我也没什么不满。

相反,这让我觉得和父亲站在同一阵线上。我们都希望得到母亲的爱。但父亲却背叛了我。不,是背叛了母亲。

大部分学生高中三年都不会打开的学生手册上明确写着禁止男女交往。但几乎所有的学生都不在意这件事,积极地向喜欢的对象告白,同班的情侣完全不是什么稀奇事。也有不少同学知道我和亨在交往。但我没有告诉母亲。

一些女同学会向母亲倾诉恋爱烦恼。虽然羡慕,但对我来说这是不可能的。母亲现在对我的期待是,我能进入父亲或外公的母校,或是同样水平的大学。就连我和女生出门,她都脸色不太好看。要是知道我和男生交往,母亲一定会很

第六章 来吧,最后的痛苦啊

失望的。

但如果母亲不许我和亨再见面,我也不会背着母亲去见他。我没理由不告诉母亲,但我不想让母亲失望,也很珍惜和亨在一起的时光。所以我们总是在他家周边或是附近的公园见面。

却没想到看见了父亲。我和亨一起在公交车站等车时,看到父亲独自一人从马路对面的公交车上下来。我不知道他要去哪里。是有同事住在附近吗?如果我想知道,应该叫住父亲问一问。但我们的关系让我无法开口。

看我紧盯着父亲的背影,亨问我怎么了。不知怎么的,我没法开口告诉他,马路对面的人是我的父亲。只好谎称忘记了母亲交代我去做的事情,要去租了外婆房子的人家里走一趟。亨说要一起去,我谎称对方可能会留我吃晚饭,拒绝了他。

我继续盯着父亲的身影,等亨走了,我就穿过马路,跟在父亲身后。我为什么要对亨撒谎呢?因为我不想让父亲发现我和亨在一起。但更重要的是,我有一种不好的预感。

也许是一瞬间瞥见的父亲的侧脸和我平时看到的完全不同。也许是父亲脸上春风得意,是我所不熟悉的表情,令

母性

我觉得其中有古怪。

到底是有什么古怪呢？他是不是要去同事家打麻将？父亲的日记中唯一提到的兴趣，就是在大学时学会的麻将。他可能是谎称加班，其实是去偷偷打麻将了。

他怎么能这样，把照顾祖母的重担都推到母亲身上。可就算我逮到父亲偷偷打麻将，又能怎么样呢？我这样想着，跟在父亲身后，看到父亲在一户人家门前停下了脚步。

那是熟悉而令人怀念的地方，是外婆的家。现在仁美阿姨住在里面。屋子里亮着灯，父亲没有按门铃，直接拉开门走了进去。

怎么回事？我一阵心跳加速，蹑手蹑脚地跟了进去。

院子还是外婆在时的样子。但经过了这些年，无人打理的树枝肆意生长着，时令花朵也看不见了。

我躲在灯火通明的客厅窗外，竖起耳朵听屋内的声音。仁美阿姨的声音，父亲的声音。除了他们似乎没有其他人。

"我做了炖牛肉，亲爱的。你不是很喜欢吗？"

仁美阿姨称父亲为"亲爱的"。

"不好，我忘记买沙拉酱汁了。"

"做一个就行了。"

第六章　来吧，最后的痛苦啊

"我不知道怎么做，你能给我做吗？"

仁美阿姨的声音越来越尖，我心中一阵骚动。怎么回事？到底是怎么回事？我按捺不住涌上心头的思绪，走向门口。门没锁，我屏住呼吸走了进去。玄关装饰着紫阳花的画，与家里的氛围很搭。外婆曾说，这是父亲在求婚时带来的画。

而对面鞋柜上放着一幅相同大小的画。

一幅红玫瑰的画裱在不太搭调的相框里。这幅画我很熟悉，可是怎么会放在这里？

厨房里传来仁美阿姨的声音。——"放点酱油怎么样？"

进去透过敞开的门上的珠帘往厨房一看，就看到了父亲和仁美阿姨的身影。

仁美用小拇指搅了搅小碟子，直接伸到了父亲嘴边。父亲舔了舔伸过来的小拇指。

"你们在做什么？"

听到我的喊声，仁美阿姨的肩膀微微一抖，小碟子掉在了地上。她蹲下去捡起，半张着嘴目瞪口呆地抬头看我。那动作非常矫揉造作，只令我觉得恶心。

父亲毫无反应，一副看到我回家的神情。

"你们给我解释一下！"我明知道这样发泄情绪是无

母性

法打动父亲的,但抑制不住满腔的怒火。

"妈妈不知道这事吧?你说什么'无偿加班',其实是每天跑来这里吗?我不能原谅你这种背叛!而且这里是外婆的家,你们疯了吧?"

我一口气说完,父亲却只说了句"先坐下吧"。

我和父亲去了客厅,将仁美阿姨留在了厨房。餐桌上铺着两张餐垫,上面放着刀叉、红酒和酒杯。我在家里从没见过这些东西。家里从不做炖牛肉,也不知道这是父亲喜欢吃的东西。

我和父亲像是准备一起吃饭一样,面对面坐着。

"你不觉得对不起妈妈吗?"

父亲依旧沉默着。他从衬衫的前胸口袋里掏出一支烟来点燃,缓缓抽着。似乎在说,这样就可以暂时不用说话了。桌上的烟灰缸里满是烟蒂,有些沾着口红印,有些没有。我将视线从烟灰缸上移开,看向父亲。

"她比起妈妈更好吗?"

父亲还是没有回答,只是叹息般地吐出一口烟。

"你们要离婚吗?"

"那倒不会。"父亲终于开口,说出的话更是令我怒

第六章　来吧，最后的痛苦啊

火中烧。

"你是为了让妈妈继续干农活和帮你照顾祖母吧？你把活儿扔给她一个人干，自己却和别的女人搞外遇，真是人渣。你还不如离婚，让母亲离开那个家。我和妈妈可以搬来这里住。你可以和她住到自己家里去。"

"事情没你想的那么简单。"

"那是位不谙世事的千金小姐，哲史怎么可能让她独自生活呢？"仁美阿姨夹着点燃的香烟，边说着边往客厅走。

"爸爸也是这么想的吗？"

父亲没有回答。他不否定就是肯定了。

"你说的是多久以前的事了。你只要睁开眼睛看看，就知道妈妈早就不是什么'千金小姐'了。你之前不还说，'要不是妈妈，我们家早就散了'吗？"

"家里和外面的世界是不一样的。"父亲说。

"那我出去工作。"

"你别天真了。"

"就是啊。你是不知道外面世界的残酷，所以才觉得二选一就能得到自己想要的。"仁美阿姨坐在父亲旁边，把只抽了三分之一的香烟在烟灰缸里捻灭。

母性

滤嘴上沾着裸粉色的口红印。这是电视广告中经常出现的新颜色。母亲多年来却都只用同样的玫瑰红色。

"你知道社会有多残酷吗？"仁美阿姨皮肤白皙细腻，像是没晒过太阳。修长的手指，修剪整齐的指甲，挺拔的背脊，没有赘肉的腰身。丝毫感受不到曾经也是为之抗争过的样子，也没有岁月的痕迹。

"在你出生前不久，我曾和哲史一起为了远大目标而战。"

"学生运动吗？"我问父亲。

"对。"

"我不是在问你，我是在问爸爸。就因为你们参加过学生运动，就很了解社会吗？"

爸爸还是没有回答。

"你不就是因为没有勇气面对家暴的父亲，才把矛头指向外界吗？不管美国的战争如何，《日美安保条约》如何，都不会直接伤害自己的心灵。你是知道这一点，才参加学生运动的吧？就算当时不是这样想，但过了这么久，你应该早就意识到了。所以你希望构筑一个美好的家。"

父亲突然睁大了眼睛。他察觉到我读了他的日记。

第六章　来吧，最后的痛苦啊

"没想到你又当了逃兵！……这次你又有什么不满呢？就算祖父死了，你还觉得无法解脱吗？还是公司里有个装模作样的愚蠢上司？和仁美阿姨在一起，能让你有当年参加学生运动时的感觉吗？你不离婚，是因为你知道和仁美阿姨无法构筑美好的家吧？与其这样，还不如把这里作为一个避风港。"

父亲虽然不说话，但始终盯着我的眼睛。但听我说完这番话，他下意识移开了目光。

"……胆小鬼。你要妈妈保护你，还要别的女人保护你。清醒点吧，你根本无法自己活下去。赶紧给我去向妈妈道歉！"

"够了！"仁美阿姨扯着嗓子喊道，从身后紧紧地抱住父亲，像是要保护他一般。在我这个女儿面前竟然还这么做，真让我看不下去。一想到他们在这个家里营造出了一个宛如狗血纯爱电视剧般的世界，我就恶心得想吐。

"哲史是看不下去你们母女的关系，才不想回去的。"

"仁美，别……"

比起仁美阿姨突然提到我和母亲，一直装作受害者、一言不发的父亲突然开口打断她，令我更加在意。父亲对一

母性

个外人是怎么说我和母亲的?

"我和妈妈有什么问题,你倒是说啊?"我直接问道。虽然父亲沉默不语,但仁美阿姨被我骂了一顿,一副不甘心的样子。

"我是不知道细节……"仁美瞄着父亲的表情开口道,"不过你拼命想讨你妈妈喜欢,但她故意躲着你。哲史看着这些只觉得难受。"

我感到一阵反胃,胸口气得生疼,却无话可说。这是事实,我不想让任何人知道的事实。却被一个陌生人平淡地说了出来,我不禁愕然。

仁美阿姨看着我的样子,忍不住得意起来。

"你别总想着讨好你妈妈,就能变得幸福了。你就是太倔强了,想方设法地想让你妈妈认同你,结果反而伤害了她,可真是讽刺啊。"

我想向仁美阿姨大喊:"不要再说了!"想哭着问:"谁能救救我?"我祈求般地看向父亲,他却像后悔与我对视一般,轻叹一口气,移开了目光。仿佛在说:"不要把我牵扯进来。"

但我知道,仁美说的话,是父亲告诉她的。父亲就是

第六章　来吧,最后的痛苦啊

那样看待我和母亲的。

既然如此,为何不尝试着解决问题。难道摆在书架上的"思想理论全集"中,没有任何能让一个乡下家庭生活幸福的启示吗?

"但你和你母亲关系不好也是没办法的事,毕竟那次事故太惨了。相依为命的母亲为了保护女儿而自杀,的确很难放下。"

"母亲"指的是谁,"女儿"指的又是谁,我的脑子一片混乱。她提到意外,我想起了母亲的流产,但听她说的话,似乎是更久远的事情。

难道是高坡上的家因为台风而着火的事吗?外婆死在了那场火灾里。泥石流压倒了墙壁,外婆被倒下的衣柜压死了。又或者被烧死的。

"当时你妈妈犹豫着,是先救自己的母亲还是女儿。可火势太大了。你外婆为了让你妈妈救你,就自己了断了。"

"你骗人!外婆当时根本就动不了。"

"她是咬舌自尽的。比起最重要的母亲死了,她更不能接受的是母亲为了保护你而死。因为这就相当于眼睁睁看着自己所爱的人最后选择的不是自己……"

母性

"骗人，骗人，骗人，都是胡说！"我举起红酒瓶，朝着仁美阿姨的脑袋砸下，然后冲了出去。我穿过灯火通明的小路，来到海滨大道。通勤时间以外，公交车每小时只有一班。如果公交车还有很久才来，我可能会冲进电话亭，向亨求助。

可公交车很快就来了，好像要让我赶紧去找母亲似的。我坐在空无一人的公交车里，满脑子都是仁美阿姨的话。——"你外婆为了让你妈妈救你，就自己了断了。"

我看向窗外，努力想冷静下来。车窗清晰地映出了我的脸。虽然大家都说我越长越像母亲，但那是因为他们只认识母亲，其实我长得更像外婆。

外婆很温柔，每次我钻进她的被窝里，她都会默默替我暖脚……快想想那天发生了什么。外婆说了什么，母亲又说了什么话。可我脑海中响起的，或许并不是母亲和外婆的对话，而是我自己编造出来的谎言。

——"你要爱这个孩子！"

——"为什么？——"

回到家里，我无法面对母亲，我害怕知道真相。我希望母亲能反驳仁美阿姨说的话。告诉我她只是被一个十几岁的小屁孩骂得恼火，才将听到的传闻夸大其词，捏造成最能打击我的故事。

谁说的？我绝不允许有人这样污蔑外婆。

在公交车上，在走回家的夜路上，我一直这样想象着。但母亲没有否认，她悲哀地朝着我伸出双手，仿佛慢动作一般。我有一瞬以为她会抱住我，母亲一个人承受的悲伤，今后我们要共同承担了。我的心中涌起类似喜悦的感情，可脖子上感受到了强劲的力道。母亲关节突出的手指掐在了我的脖子上。那指尖厚而粗糙，我甚至能感觉到指纹的形状，那手一点一点地掐紧我的喉咙。

我可以死在母亲手上。但这样不行……

我拼尽全力将母亲推开，冲进卧室抵住了门，但母亲没有追来。

我为什么会在这里？如果我和那个梦想的家一起燃烧殆尽，在母亲的回忆里，我将永远是她心爱的女儿。

在外婆去世的时刻到来之前，我从里尔克的诗里挑出可以联想到母亲和我的诗句，抄在了笔记上，最后还给母亲留了一句话。我悄无声息地走进庭院，天还很暗。我本想在自己的房间里割腕自杀，可我的脖子上留有红色的掐痕。幸运的是，仓库中有绳子和用来垫脚的塑料箱。临死前，我第一次庆幸家里是农民。这让我忍不住一笑。

我早就想好在哪棵树上结束生命。搬进来后，我总是远远看到母亲满脸爱意地抚摸着那棵树，我想母亲是把那棵树当成了外婆的化身。所以，我也渐渐将它当成了外婆。

我死在这棵树上，母亲可能会感到不快。但我希望她能原谅我最后的任性。因为只有这棵垂樱能承受我的恐惧。

"妈妈，请原谅我——"

明明已经告别了母亲，我却觉得能在黑暗中听到母亲的声音，这未免太自作多情了。我居然觉得紧握着我的手的是母亲的，真是太可笑了。

第六章　来吧，最后的痛苦啊

我还听到她呼喊着我的名字。

原来我叫"清佳"啊。

来吧，最后的痛苦啊，我愿接纳你。

肉体中难以愈合的痛苦，

就像曾在精神中燃烧过一般。

看啊，我正在燃烧，

在你体内。

木柴总抗拒你燃起的火焰，

可如今我要滋养你，

在你体内燃烧。

我无边的柔情将在你的愤怒中，

变为他界的冥府之怒。

纯粹地，肆意地释放未来。

我也在苦恼的杂乱柴堆之上攀爬，

以胸中这颗沉默的心为代价，

却难以确保未来。

此刻被烧得面目全非的我，还是我吗？

我不愿带着回忆活下去。

啊，生命，

母性

生命就在火焰之外,

但身处烈火中的我,无人知我姓名。

终章

爱之歌

关于母性

"小律送了我章鱼小丸子，现在过去。"我给母亲发了短信，准备去田所家。

母亲每周日都会参加基督教活动，这与我在家时没什么不同。

祖母的身体越来越虚弱，已经卧病在床十多年了，虽然老年痴呆逐渐加重，但仍然健在。母亲的负担虽然越来越重，但她照顾祖母时却表情轻松。

就连偶尔回家的小律，或是全家又搬回镇子的宪子姑姑一家，祖母也都已经不认识了。她把所有女人都称作"姐姐"，但只有母亲，会叫她的名字"留美"。她还会向定期上门看诊的医生护士介绍说："这是我的宝贝女儿。"这样说来，祖母应该终于感受到了母亲的心意。

祖母也认不出我，但我每周都会带着礼物去探望她，毕竟她是我的救命恩人。不知道她还记不记得那件事？母亲以外的人给她的东西，她都有些防备，不太敢吃。但我带去

终章 爱之歌

的东西,她总会迫不及待地伸手。

父亲消失了十五年,三年前突然回来了。他身上只有破旧衬衫前胸口袋里的一个空烟盒。没有看到仁美,据说两人一起私奔的第二年,父亲就被抛弃了。"对不起",父亲向母亲和我道歉,母亲只是说,"欢迎回来"。

我经常梦见自己用酒瓶把仁美打死了,从梦中惊醒。醒来后我想,父亲是不是为了替我遮掩才消失的?我问父亲仁美还活着吗?他惊讶地说:"用酒瓶杀人这种事只会发生在推理电视剧里……"我想也是吧!

父亲逃走,是因为负罪感。

台风那天晚上,父亲正往高坡上的房子走,看见了蹿起来的火势。父亲急忙赶到家里,打开大门。他做的第一件事就是把红玫瑰的画转移到安全的地方。

等他再次冲进家中时,听到了母亲的尖叫声。他跑过去,往衣柜下面一看,就看到外婆已然咬舌自尽。父亲问发生了什么事,母亲惊慌地回答:"母亲让我去救那个孩子……"

父亲发现我也在衣柜下面,于是把我拉出来,带着母亲逃了出去。

如果他不管那幅画,或许能救下外婆。

父亲为了逃避这份罪恶感，才不敢面对母亲和我。他编造了对自己有利的说辞，将这件事告诉了仁美，想要逃避现实。但事故发生十一年后，我撞见他和仁美阿姨私会，仁美阿姨还将外婆自杀的事告诉了我。

父亲一直以为我知道外婆是自杀的，但从母亲那里听说我上吊的理由后，又为自己将女儿逼上绝路而痛苦不已，于是求仁美阿姨和他一起私奔。

仁美阿姨觉得自己也有责任，所以没有通知父母，也没有联系工作单位，抛下一切跟父亲走了。可到了大城市之后，她发现再也不能将穷苦生活当作幸福了，于是有一天，她突然从父亲面前消失了。

父亲也向我道歉了。

母亲说原谅父亲，我也点了点头。从昏迷中清醒过来后，我便不愿过于深入地思考问题。或许是因为这样，我并没有对父亲感到丝毫的愤怒。当我醒来时，母亲握着我的手，呼喊着我的名字，我的愿望已经得到了满足。但我还是提出了一个条件，"如果戒烟，我就原谅他"。父亲只露出了苦笑，母亲责备我："这也太为难爸爸了。"

父亲和母亲铲平了农田，建了温室，开始栽培康乃馨

终　章　爱之歌

等花卉。虽说不上经营得有多好，但看到他们被鲜花簇拥的身影，常常令我有种似曾相识的感觉，让我很是开心。

父亲回来的第二年，我结婚后搬离了家。亨曾沉迷于过时的团体活动，有过一次毁坏公物的前科后，才意识到现在已经进入 21 世纪十年了，暴力是无法改变世界的。

母亲对前来求婚的亨深深鞠躬，说道："这是我倾注了所有的爱，悉心养育长大的女儿，请你一定要给她幸福。"我没有流下一滴眼泪。

我们搬进了外婆的房子，院子里种着各个时令的鲜花，玄关上摆着父亲画的画——在鲜花盛开的高坡上的家窗边，映出了父亲、母亲和女儿三人的身影。曾经的父亲、母亲和我的样子，或许也会是今后的亨、我和我们的女儿的样子。我有预感，我也会有一个女儿。

当我告诉母亲我怀孕时，母亲流着泪抬头看着院子里的垂樱树说："外婆一定很替你高兴。"那母亲是怎么想的？我没有问。

我想让孩子学会母亲所期望的一切，我会很爱很爱她，我愿意奉献我的一切。但我绝不会说"倾注所有的爱"。

或许她会觉得厌烦。但那也说明她得到了满满的爱。

时光流逝不停。也正因为时光流逝,我对母亲的想法也会发生变化。但女儿都会渴望母爱,都会将自己渴望的东西奉献给孩子,这不就是母性吗?

铃声响了。——"我等你,路上注意安全。"

老宅子旁的偏房亮着灯。门内有正在等我的母亲。

终 章 爱之歌

这是世上最幸福的事。

我该如何自持,

不让我的灵魂触碰你的。

如何超越你,成为其他?

啊,我多想将它留于黑暗,

放在被遗忘的事物旁。

放在不再为你内心动摇而颤动,

陌生而寂静的地方。

但你我接触的一切,

将我们融合。

宛若小提琴的琴弓拉动,

两根弦奏出一个和声。

怎样的乐器才能演奏出我们的故事,

又是怎样的乐手才能将我们握在手中?

啊,甜美的曲子啊。